アル中ワンダーランド

扶桑社

アル中ワンダーランド

Contents

第1話　ユー・トーキン・トゥ・ミー？ 3

第2話　私がお酒にはまったワケ 13

第3話　トークイベント 25

第4話　気付けばどん底 37

第5話　バルス！ 45

第6話　クロかシロか 59

第7話　埼京線スーサイド 67

第8話　とことん馬鹿になれ 79

第9話　目が先に、死んだ 91

第10話　未知との遭遇 103

第11話　女医は言う 117

第12話　キャバ嬢まなみ 125

第13話　断酒会 139

アル中鼎談 153

第1話　ユー・トーキン・トゥ・ミー?

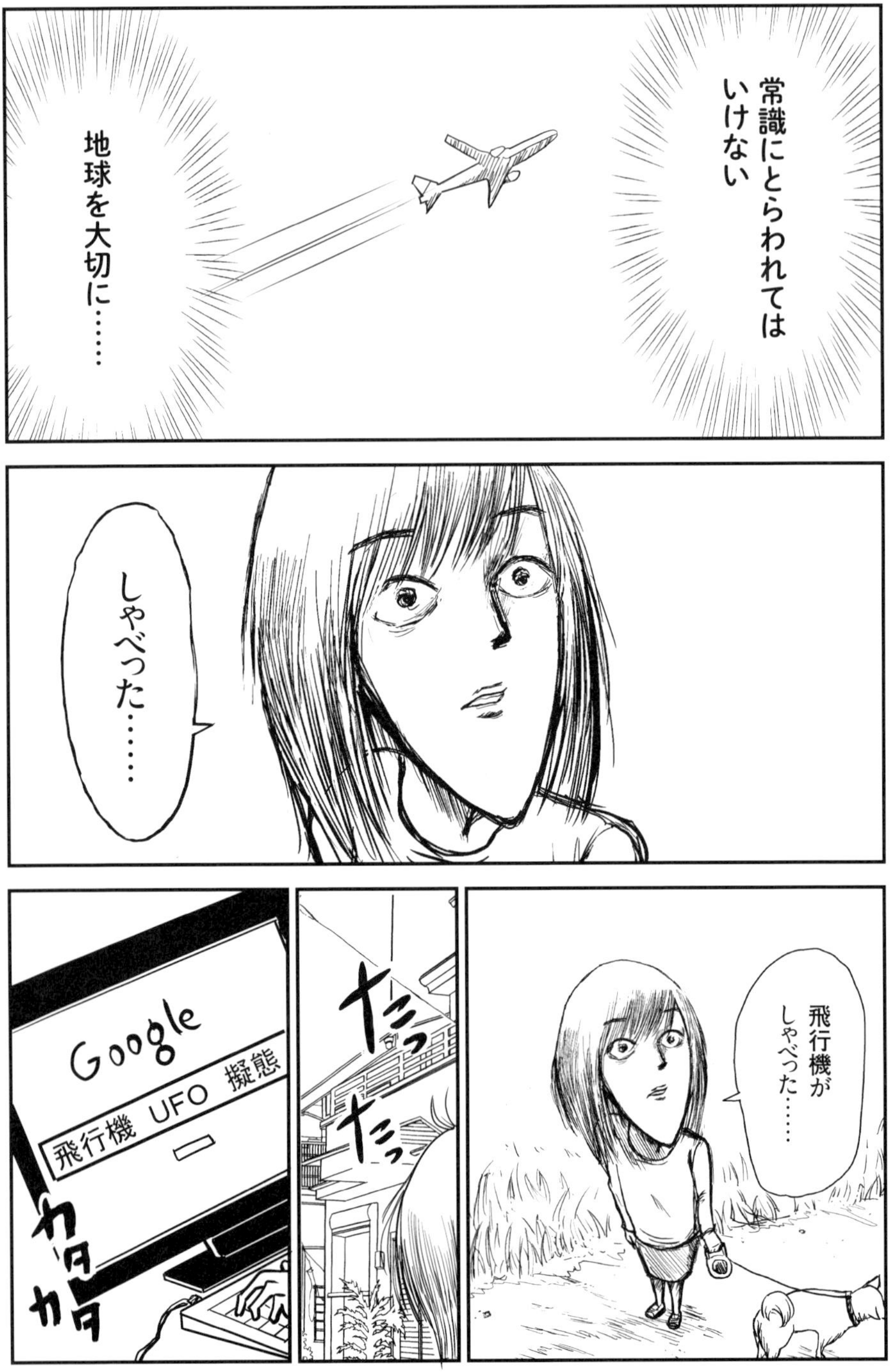
常識にとらわれてはいけない
地球を大切に……
しゃべった……
飛行機がしゃべった……
Google
飛行機 UFO 擬態
カタカタ

UFO動画その13 フェイクプレーン
飛行機 擬態型 フェイクプレーン
blogs.yaho.co
発光する物体 フェイクプレーン
blog.yahooo.com/3858647.html
UFOか!? フェイクプレーン
2012/07/08
超リアルJAL風UFO
2010/08/01
フェイクプレーン動画 -YouTub
m.youtube.com/
2013/05/08
フェイク……プレーン……？
スッ
弟
RRRR

あっ やっちゃん？
さっき犬の散歩 してたらさ 飛行機が話しかけて きたんだよ
いやいや 違うって
面白くないとか そういう話 してんじゃなくて
宇宙人がいるかも しれないって話
違う違う 耳の穴かっぽじって よく聞けって
えっ、タケノコご飯の 作り方？ クックパッドで 調べてごらん
だからね フェイクプレーンで 検索かけるとね……
聞いてよ…… たのむよ

わかった
で、宇宙人はなんて言ってんだ？
地球を大切にって
そうかよく寝ろよ
プッ…
ツー
ツー
ピピピー

あっ、もしもし？伊藤ちゃん？
飛行機がしゃべったんだよ～
もしかして宇宙人かなって思って……
俺だよ
伊藤ちゃんって誰だよ
オマエ酒飲んでるだろ

飲んでないよ
うそつけ
飲んだ……少しだけ
私はいつの間にか
飲酒したことを
隠ぺいするようになった

大量の飲酒を
いぶかしがる家族には
「これはノンアルコール飲料」
と嘘をついて酒を飲み

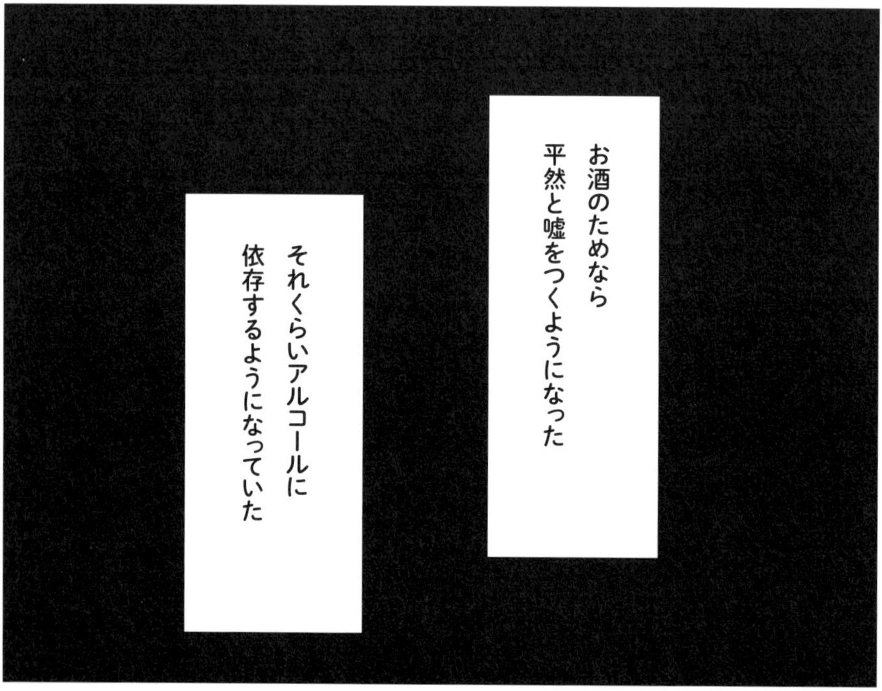
お酒のためなら
平然と嘘をつくようになった
それくらいアルコールに
依存するようになっていた

宇宙人はいま〜す！

みなさん、フェイクプレーンをご存じでしたか？　ご存じでない方はまず検索して、ネット動画を見てみてください。

ひと言でいえば、「飛行機に擬態しているUFO」ということです。飛行機に見えるけど、それはまやかしで、宇宙人がバレないようにUFOを飛行機に〝見せかけている〟ということですね、はい。信じるか信じないかはあなたの自由ですが、私は思います。宇宙人はいる、と。毎朝、犬の散歩をしながら、ふと空を見上げて探してしまうくらい、超信じてます。

宇宙人はいま〜す！

シリウス星人、ベガ星人、オリオン星人、全部いま〜す！

この三次元の世界ではなく、四次元の世界にいるのです。

お酒を飲んでリラックスし、心を無にして瞑想状態になれば、コミュニケーションだってとれるんです。私ももともとは「矢追純一とかうさんくせーな」と思ってましたが、今は「わかるわかる！　超わかる！」です。たまにフェイクプレーンが赤とか黄色とか、チカチカ点滅しながら付いてくることがあります。きっと私が「転ばないように心配してくれている」のです。ありがたいことですね。

フェイクプレーンは実在する、つまり幻覚（幻視）ではございませんが、アルコール依存症によって幻覚（幻聴）に悩まされたことはあります。

お酒を飲み、気持ちよく眠ろうとしたその瞬間、片方の耳元で知らない女の

人がガナリ声を上げるんです。「ワー」とか「ギャー」とか、そんな感じで何を言っているのかは聞き取れないのですが、わかるのは彼女が超怒ってるということ。私の何が気に食わないのかわかりませんが、超怒ってるんです。
その彼女は私が横になってものの数秒で怒り始めるもんですから、うるさくて眠れないわけです。それでたまらなくなった私は、うるさいほうの耳を塞ぐように横向きになると、今度はもう一方の耳に回り込んで、また、超怒る。
右向いて、左向いて、また右向いて、また左向いて、そうこうするうちに私は疲れ果て、眠りにつきますが、本当に〝困ったさん〟でした。
ほとんど何を言っているかわからない彼女ですが、数回、ハッキリとした口調で話しかけてきたこともありました。
「清野とおるがオマエの悪口言ってたぞ」
ただでさえ眠れずにイラついていた私は、カッときて、清野さんにすぐメールしました。
「知ってんすよ！　私の悪口言ってんの!!」
そして大事なお友達である清野さんを、Ｔｗｉｔｔｅｒでブロックしました。今は関係良好ですが、ごめんね、3回もブロックしちゃって。

第2話　私がお酒にはまったワケ

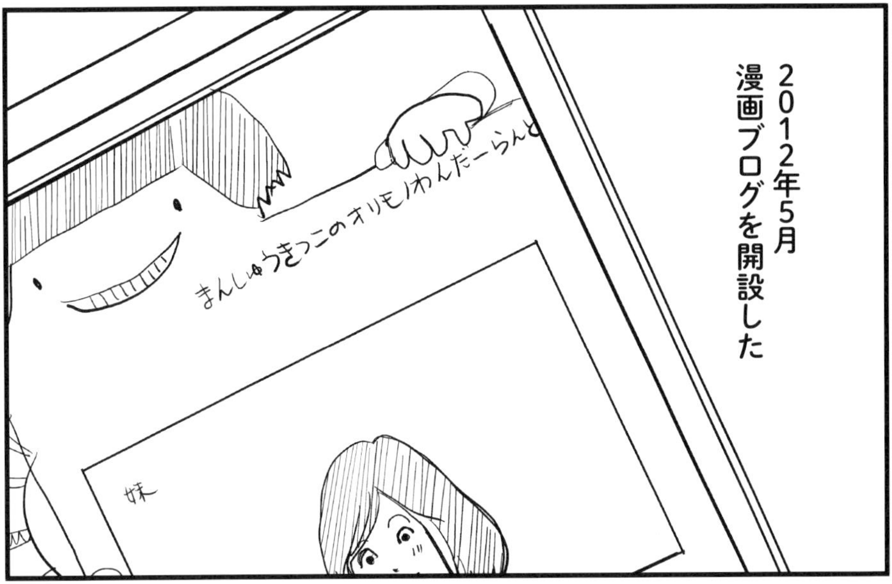

2012年5月
漫画ブログを開設した
まんしゅうきつこのオリモノわんだーらんど
妹

浅はかな思い付きでつけた
「マン臭きつ子」という
最悪のペンネームのインパクトで
ニュースサイトに取り上げられ
仕事をいただくようになった私は
「マン臭きつ子」という
人として最低レベルの名前で
呼ばれるようになった

マン臭さん
マン臭さん
マン臭さん
マン臭さん
マン臭さん
初対面の人が私を「マン臭さん」と呼ぶ
明らかに何かおかしなことが起きている
しかしすべては自分が撒いた種
私ホント バカだ……
身内から苦情を受け平仮名表記に改名したが
○マン臭きょう子
←
○まんしゅうきょうこ
何も解決しなかった
慣れない漫画原稿とブログの更新で家事に手が回らずあっという間に汚部屋と化した
どよ〜ん

すわっ もう夕方だ
どうしよう…… ブログも更新しないと
もうネタが ないわ
その前に 犬の散歩行かないと
夕飯の買い出し 行って
っていうか その前に 部屋片付けて
締め切り いつだっけ
うわ 洗濯もの 干しっぱなし
自治会のお金 払いに行くの 忘れてた……
ピンポーン
誰じゃ
やっほー ぶどう狩りに 行ってきたの コレおすそ分け
わ ありがと～

ところで最近大丈夫？あんまり見かけないんだけど
庭の雑草もすごいことになってるし
ボーボー
うん……内職が忙しいんだよね
まんしゅうきつこというペンネームで漫画を描いていることなど誰にも言えなかった
キェーーッ
……
ないもうブログのネタがない
私の本来の生真面目さがジャマをしている
どうしようぶっこわれろ……ぶっこわれろ……

よしっ
酒飲むぞ
最初は気分転換のつもりだった
少量ではなかなか酔えず
立て続けに飲んだ

気が付けば朝……
チュン チュン
床で目覚めた私の目に飛び込んできたのは
きれいに掃除された部屋だった
ピカ ピカ
…
じゃー会社行ってくる
ああ……もうこんな時間
ありがとう片付けてくれて

片付けてないよ
え……じゃあ誰が?
そうだ……昨日夕飯作ってない
えっ? 作ったじゃん
麻婆茄子
まーぼーなすだぁ
だだっ
三角コーナー

だだっ
ブログネタ
パイロットおじさん
股間にピラミッド
なんじゃこりゃ

他にはっ? 他には 何かある?
ブログのネタを 思い出したって 踊ってたよ
股間のピラミッドが何とか〜って変な踊りしてた
イエスッ
?

お酒を飲めば
今を乗り越えられる
そう思った
もう大丈夫だ
やほ〜〜!!
私はひとり
クルクル踊った
その後の地獄も
知らずに……

「ろくでなし子」ではない

私はもともと、「マン臭きつ子」でした。
ツイッターで変なリプライが来ないようにと、相手がドン引きしそうなこの名前にしたのが始まりです。で、この名前のままブログやったらウケるかな～なんて思って、半径５ｍの人間を笑わせたいなという、ホント軽い気持ちでした。でも周りの反応は自分の想像をはるかに超えるもので、弟をはじめ家族から「いくらなんでもそれはあんまりだ！」とクレームが多数寄せられましたので、「まんしゅうきつこ」とマイルドに改名、現在に至ります。ちなみに呼び名は人それぞれで、「まんしゅうさん」だったり「きつこちゃん」だったり、略して「まんきつ」だったりします。さすがにまだ、「まんこ」と略して呼ばれたことはありません。逆さまに「きつまん」なんて呼ばれたら、褒められたみたいでうれしくなっちゃいますね。それと、私は「ろくでなし子」さんとは別人ですので、お間違えのないように！
まあ、そんな名前ですから、聞かれますよ。
「やっぱりアレですか、マン臭、きついんですか？」
以前、某出版社の編集さん二人が待ち合わせ場所にやってきて、一人の編集さんにこう聞かれました。その隣にいた、同僚なのか上司なのかわかりませんが、もう一方の編集さんが「バカやろう！　聞くんじゃねえ！」って声を荒らげたのが妙に面白くて、今でもたまに思い出して笑ってしまいます。
きっとこれからも聞かれることはあると思いますが、「ご想像におまかせし

ます」ね。
さて、そんなゲスいペンネームの私にも、旦那がいます。
旦那はいい意味で無関心で、私が酩酊しても「ちょっと飲み過ぎじゃない?」と言うくらいで、ほぼ反応ゼロでした。一度だけ、私が漫画の仕事で忙しくなった(と同時にお酒の量も増えた)頃に「家事が行き届いてない」と指摘され、わざわざ姑と舅を家に呼んでまで我が家の散らかり具合を見せたときはさすがに殺意をおぼえましたが、それ以外は関係良好……ということにしておきますか。私はもともと、部屋をマメに片付けるほうなのですが、ブログと漫画連載を始めてからは、本当に部屋が雑然としていったのがキツかったですね。同時に二つのことができないんです。
私はこれまで主婦として、パートして、家事やって、庭いじりしながら、普通に暮らしていました。ブログが話題になって、漫画・イラスト仕事が多数舞い込み、お酒に逃げるまでは本当に、普通の主婦だったんです。人生はいつ、何が起こるかわかりません。だから人生は楽しくて、茨の道です。

第3話　トークイベント

2012年某月
阿佐ケ谷
ASAGAYA トーク&ミュージック
LOFT
ああ…キンチョーする…
ドキドキ
ドキドキ
初のトークイベント数時間前
極度の緊張をほぐそうと控室で酒をあおった
気が付けば朝……
チュン　チュン
記憶はところどころ抜け落ちている
昨日のトークイベントは夢だったのか
ケータイに弟からいくつも着信が残っていた

どうしたの?
オマエ
いい加減にしろよ
何が?
覚えて
ないのか?
弟に聞いた
話によると
どうやら私は
かなりの酩酊状態で
舞台に上がり
フラ
フラ
フラ
フラ
トークイベントにも
かかわらず
ほとんど言葉を
発することなく
ステージ上で
寝てしまった
らしい
ざわ
ざわ
ざわー・
スタッフや
ほかの出演者の配慮により
私は控室へ強制送還され
残された出演者が場を
盛り上げたというのだ

何やってんだよアイツ
バーン
楽屋
ダッ
楽屋
すや　すや

どなたですか?
まんしゅうきつこの弟です……
起きろ
おい 起きろ
おい
すー すー
ぐっ
起きろーっ
バチーン

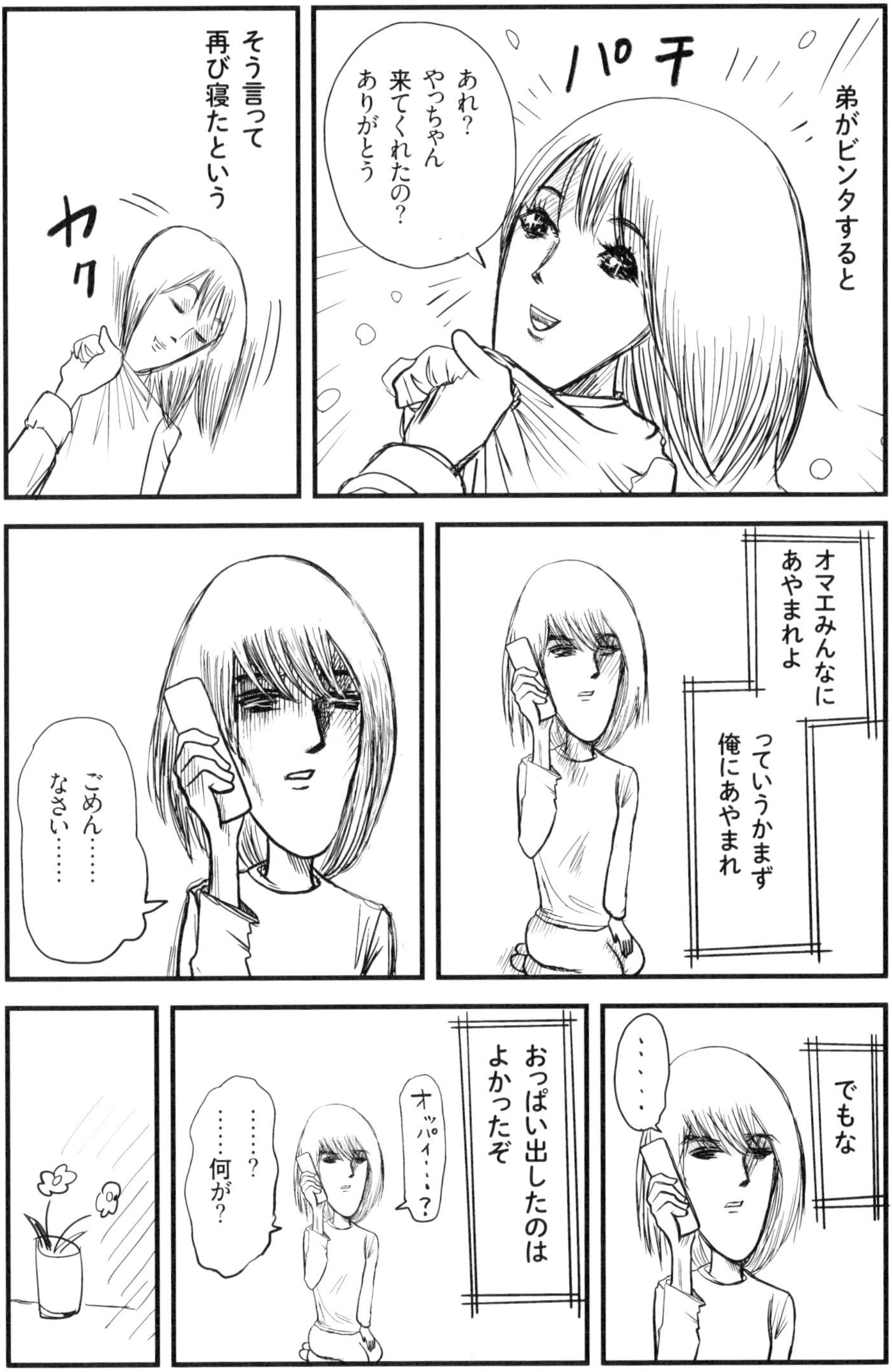

弟がビンタすると
パチ
あれ？やっちゃん来てくれたの？ありがとう
そう言って再び寝たという
カク
オマエみんなにあやまれよ
っていうかまず俺にあやまれ
ごめん……なさい……
・・・・・
でもな
おっぱい出したのはよかったぞ
オッパイ・・・？
……？……何が？

私はカバンの中に入っていた
昨日のトークイベントを
記録したDVDを見る
ことにした
トーク
イベント
見てはいけない
気配をビンビンに
感じながら……
この中身を確認することは
ある意味自傷行為に
等しいだろう
すっ
しかし私は
知っておくべきだと
思った
ドキドキ
パッ
2012/○/○/
阿佐ヶ谷ロフトプレゼンツ
どんぐり学園
トークショー

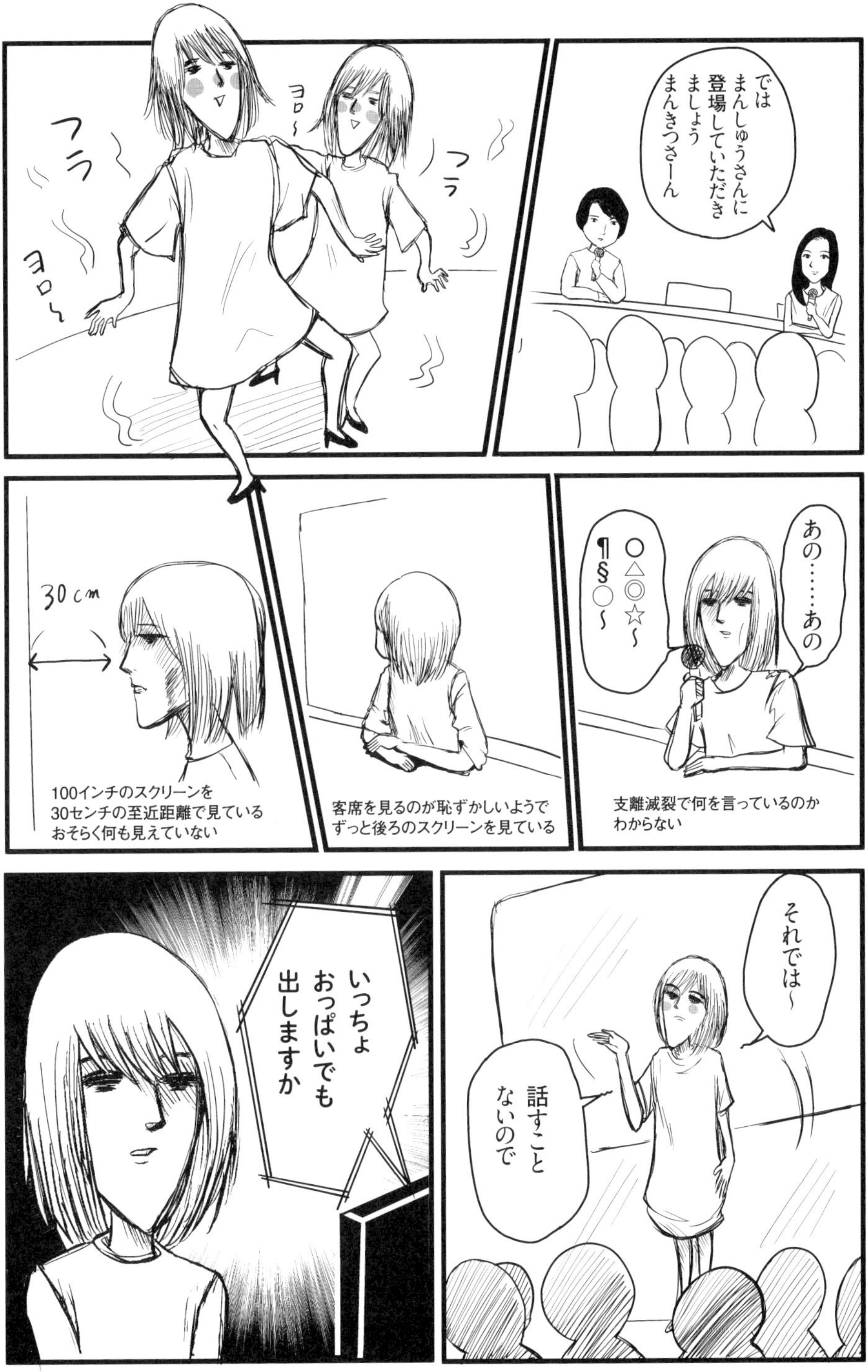

ではまんしゅうさんに登場していただきましょうまんきつさーん
フラ
ヨロ～
フラ
ヨロ～
あの……あの
○△◎☆～¶§○～
支離滅裂で何を言っているのかわからない
客席を見るのが恥ずかしいようで
ずっと後ろのスクリーンを見ている
30cm
100インチのスクリーンを
30センチの至近距離で見ている
おそらく何も見えていない
それでは～
話すことないので
いっちょおっぱいでも出しますか

スッ

ワ…

ワー

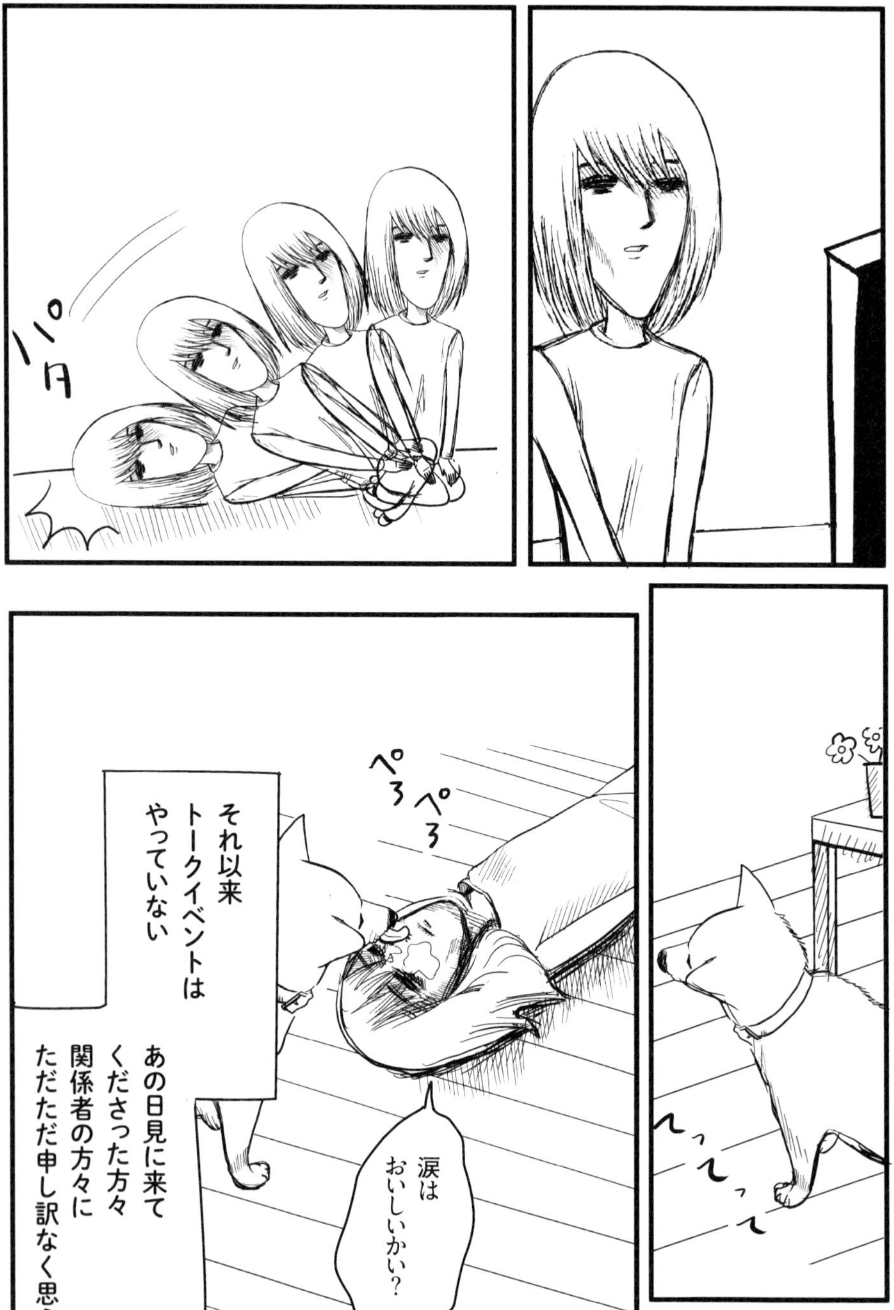
パタ
へっへっへ
ぺろぺろ
それ以来
トークイベントは
やっていない
涙は
おいしいかい？
あの日見に来て
くださった方々
関係者の方々に
ただただ申し訳なく思う

整っている「右」とブサイクな「左」

これは阿佐ヶ谷ロフトＡで行われた「どんぐり学園」での出来事です。登壇前にワイン1本、缶ビール4本くらい飲んだ結果、この有り様です。イベントに誘ってくれた犬山紙子さん、そして少年アヤちゃんに、今ここであらためて、謝罪したいと思います。

初めてのイベントであることはもちろん、これまで公の場で「顔出し」すらしてこなかった私は、緊張のあまり、飲んでしまいました。現実から逃避したくて、進んで飲まれてしまいました。お酒の力をちょっと借りようと思ったら、お酒の力に簡単にねじふせられてしまいました。ごめんなさい。

イベントの後日、あやまった際も2人はニコニコしながら「全然、大丈夫！気にしないでいいよ」と慰めてくれました。でも目の奥は笑ってませんでしたよね。当然です。二人とも、クズな私でごめんなさい。

犬山紙子さん、翌日電話であやまると「ピンチヒッターで峰（なゆか）さんとうしじま（いい肉）さんが、まんきつさんの代わりに舞台に上がってくれたから、取りあえず二人にはお礼を言ったほうがいいと思うよ」って、社会人としてすごく真っ当なアドバイスをくれたよね。犬山紙子さん、ごめんなさい。

少年アヤちゃん、イベント後に更新されたブログに「まんしゅうきつこの死因」について書かれていましたね。「ネタ」なのか「憎悪」なのか、その絶妙なさじ加減に、涙が止まりませんでした。少年アヤちゃん、ごめんなさい。

それと関係者・観客の方々にも、謹んでお詫び申し上げます。

そんな中、叱りながらも、褒めてくれた弟よ、ありがとう。私は、よかれと思って、おっぱいを出しました。決して自慢にはならない、おっぱいを出しました。他意はなく、ブサイクなほう（左）を出しました。出すにしてもなぜ、どちらかと言えば整っている右ではなかったのか、今もって謎です。それなのに、「顔だけじゃなくて、おっぱいも見れた」とツイートしてくれたお客さんたちよ、ありがとう。

初のトークイベントはこうして、〝最初で最後〟のトークイベントになりました。今後どうしてもイベントに出なくてはならない状況になったとしても、おっぱいは絶対出しませんのであしからず！

第4話　気付けばどん底

2013年
某出版社の新年会に出席したときのこと
○○社 新年会
若干の酩酊状態で会場に到着した私はそこでも飲み続けた
気が付けば朝……
チュン　チュン
？
ケータイに見知らぬ女性からメールが届いている
静香？
ポケットに入っていた名刺から察するにどうやらキャバクラ嬢のようだ
nightclub
海ほたる
静香
090-0X0X0000
件名：静香です
昨日はとっても楽しかったです
また、色んなお話を聞かせて下さいね♡
静香♡

完全に営業メール
だわコレ……
そうこうするうち
担当編集者から電話が
かかってきた
担当さん
RRr
もしもし?
あ!
よかった
生きてた
んですね
ちゃんと
家に帰れたんですね
あ――よかった
本当に生きてて
よかったです……

「生きててよかった」
その言葉で何かを察した私は
どうもすみません
とっさにあやまった
担当の話によると
どうやら泥酔した私は出版社の社長さんのスピーチの最中に
――
――
し〜〜ん
いよっ日本一
ベタな合いの手を入れ続けたらしい
それからどちたの

まんしゅうさん
今日はもう帰りましょう
醜態を見るに見かねた
担当編集の計らいにより
私はタクシーに乗せられ
強制送還という
運びとなったのだ
ブロロ
きっとその帰り道
私はひとりでタクシーを降り
キャバクラに
立ち寄ったのだ
スナック
キャバクラ
キャバクラ
ピンサロ
はぁ……
ホントに……ごめんね
線路に落ちたら
どうしよう
って心配で
人身事故の
ニュースまでチェック
しちゃいました……
わかった

やめる
もうお酒やめる
あたしもう
お酒飲まない
……ホントに
やめられ
ますか？
はい
いろいろ心配
かけてごめんね
よかった！
頑張って面白い漫画
作りましょうね!!
あたし頑張る！
絶対いい漫画描く！
千矢さんのこと
出世させる!!

それから3日間
まったくお酒を飲まなかった
しかし
4日目
一杯だけのつもりで
飲酒しながら
ネットサーフィンを
した
気が付けば朝……
チュン　チュン
テーブルには空の酒瓶や
チューハイの空き缶が散乱し
その横には「もうどん底」
というメモが残っていた
もうどん底

被害妄想とこむら返り

アル中でも、お酒は自分の意志でやめられる。そう思ってます。ただ、飲み始めると、もう止まりません。今回の粗相《そそう》のように、自分にとってショッキングなことをしでかすと、その衝撃でしばらくはお酒がイヤになり、飲めなくなります。トークイベントのあともそうで、「醜態をさらしたくない」という、人間としてごくごく当たり前の感情はございますので、飲まないんです。経験上、3日は飲みませんね、はい。

では4日目に何があるのかというと、何もないです。ただそこには罪の意識も「ない」んですね。

罪悪感がなくなる〝魔の4日目〟に飲んでしまう、と。また醜態をさらすことになるとは考えもせずに、飲んだくれる。ちなみに4日目は、ビール一杯で大いに酔っぱらえるからタチが悪いんです。

「お酒は自分の意志でやめられる」。それは罪の意識を持ち続ければお酒を断つことができるということです。でも、いざアルコールを遠ざけると、その先には重度の被害妄想が待っています。ツイッターのフォローリクエストがあると「なんだ!? 私を監視する気か!?」とブロックし、はては友人・知人も「敵」に見えてブロック、ブロック、ブロック……。また、特に鍵アカウントでフォローしてくる人への警戒心が異常でした。あのときブロックされた人たちは、きっと意味がわからなかったと思います。ごめんなさい。

それと厄介なのがもう一つ、こむら返りです。こむら返りは、体内のアルコー

ルが切れて発症する「離脱症状」の一つとしても知られています。寝ているときに、急に襲ってくるもんですから「イタッ」と目覚め、激痛で悶絶します。布団の上をのたうち回ります。幼い頃から川泳ぎしていて、泳ぐのが大好きな私ですけど、川で泳いでるときにこのこむら返りが来たら確実に死ぬレベルの激痛なんです。

離脱症状としては他にも「手の震え」がありました。けれど、妹に爆笑しながら手の震えを指摘されるまでは、震えてることに気付きませんでした。お恥ずかしい……。

このように、アルコール依存症になると、〝飲んでも地獄、飲まずとも地獄〟を生きるのです。

ごめんよ今日もビッグカツ丼だよ
ビッグカツ
やったー
わーいビッグカツ丼だーお母さんの得意料理だね
えへへお母さんクックパッド見てその通りに作っただけだけどね
ねえなんでお母さんのにはビッグカツのってないの?
いいんだよお母さんはカツなしのビッグ丼で
お母さん私のひと口あげる
僕のもあげる

いいよいいよ お母さんはもう これ以上大きく ならないよ
オマエたちが 大きくなれば いいんだから
ドンッ
しゃっ しゃっ
おかあさん…
ドン
ドン
…
スッ
ドン

ガラッ
ぼ〜く〜
僕たち〜
壁にボールをぶつけると
夜中〜僕たちの家にせむし男を行かせるよ〜

せむし男ってなんだ？
きもちわり行こうぜ
まーた村田さんちのコだよつたくもー
しゃっ しゃっ

ピッ
トク
トク
トク
トク

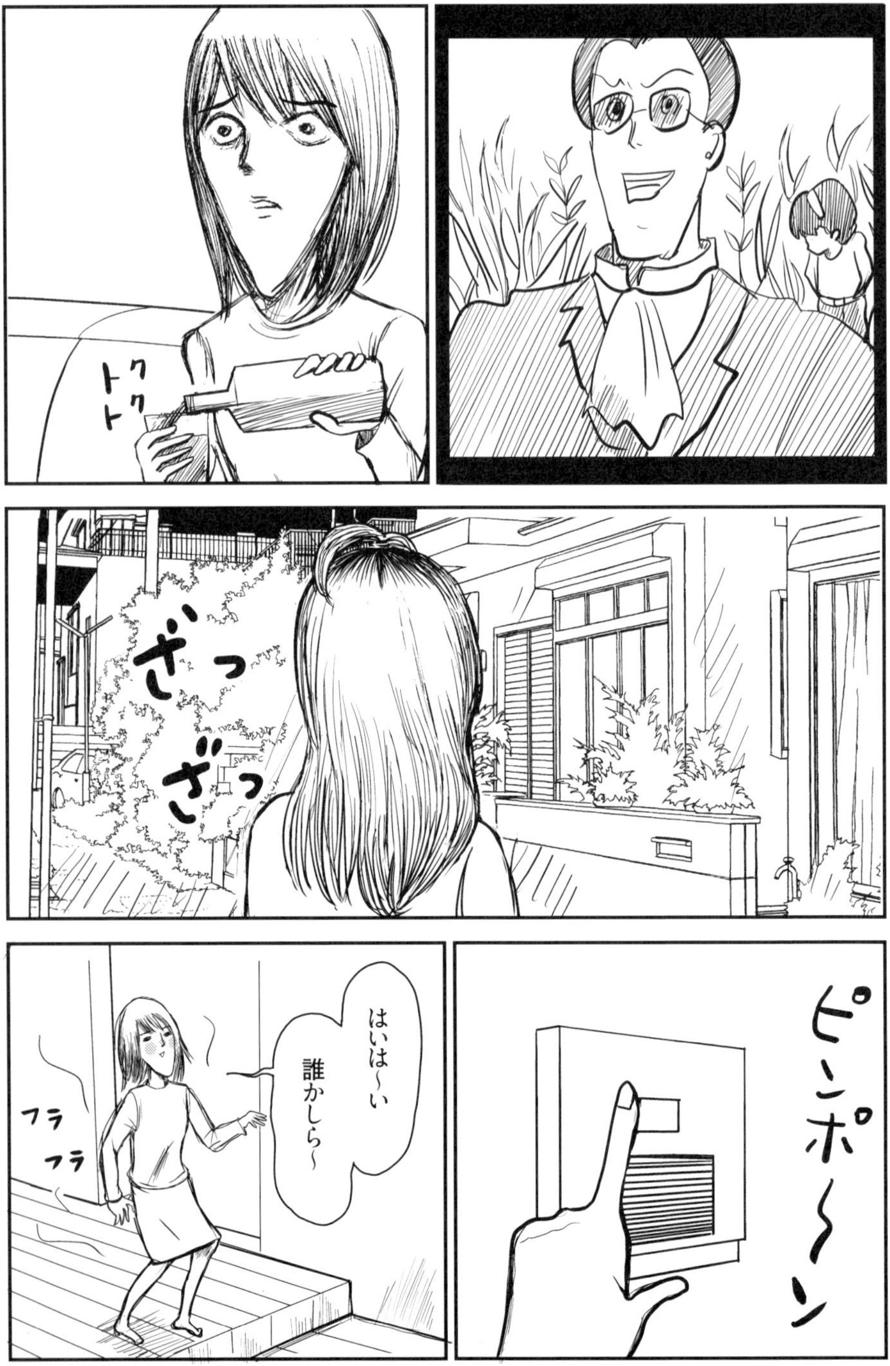
トクトク
ざっ
ざっ
ピンポ〜ン
はいは〜い
誰かしら〜
フラ
フラ

ガチャ
あのー
ウチのコがおたくに怒られたって言ってんだけど
すみません今ちょっと取り込んでるのであとにしてもらえませんか？
うわっ酒くせ～
サッカーして何が悪いわけ？
せむし男が来るってこわがってんだけど
大人げないよアンタ

あのぉ～、いつもね
ウチの家の壁にね
ボールぶつけるから
あのぉ～、注意を
したんですよね～
ガキのやることに
いちいち目くじら
たてんじゃねーよ
イヤなら
引っ越せば
いいじゃん
ガッ
じゃあな、おい
言わせてもらう
けどなぁ
ガッ
んああ？

アンタんち
コーギー飼ってるだろ
アンタが散歩
してるとこな
あたしゃ
一っつっ度も
見たこと
ないんだよ
犬はなぁ
三度の飯より散歩が
好きなんだよ！
子供のこと
とやかく言う前にな
まず犬の散歩
しやがれコノヤロウ
△§○Ω¶§

完全に
イカレてるわ

チュン チュン
気が付けば朝……
ゴミ
ゴミ
ハッ
ヒソ
ヒソ
おはようございます～
すたこら
？

RRRR
もしもし
ちょっと!
きつこちゃん
何やったの？
村田さんが
きつこちゃんのこと
「あの人キチガイ」
って近所に
触れ回ってるよ
もしもし
きつこちゃん？
聞こえてる？
もしもーし
もしもーし

来世こそ

ジブリ映画トップ3は、上から順に『天空の城ラピュタ』『風の谷のナウシカ』『魔女の宅急便』です。園芸が趣味の私としては、『ハウルの動く城』の、「一面が花畑」のシーンも捨てがたいのですが。

私の将来の目標は、山奥の一軒家の周囲を有刺鉄線で囲み、犬や猫とともに暮らすことなんですけど、『ラピュタ』ってそれに近いものがあります。ロボット兵に囲まれて天空の城で暮らすのと、山奥の一軒家で犬猫と暮らすのって、似てませんか？

『ナウシカ』は自然と共存している感じが好き。『魔女の宅急便』はサウンドトラックが好き。ユーミンの大ファンなんですけど、ユーミンっていうか荒井由実さんの時代の曲が特にお気に入りで、『魔女の宅急便』の「ルージュの伝言」も大好き。ちなみに一番好きなのは「雨の街を」です。

さて、このご近所さんは、周りの誰もが怖くて逆らえない、ボス的な存在でした。赤ん坊に授乳しながらタバコを吸うような、いわゆるドキュンですね。いい犬を飼っているのに、ろくに散歩もせず、私は「犬は保健所からもらってこいや！」という意気込みで一石を投じたわけです。

もちろん私に味方してくれて、「何やっちゃったのー？　大丈夫ー？」と心配してくれるご近所さんもいましたが、あとの祭りですね。口コミはあっという間に広がります。私は「キチガイ」ということになりました。

ボスが近くにいないときは、みんな友好的に話しかけてくれるんです。けど、

ボスが近くにいるときは完全に目が泳ぎ、気まずそうにしていました。なので逆に申し訳なかったです。「私のことはとりあえず無視して！　じゃないと○○ちゃんもヤラれちゃうよ」と言うと「そんなことできないよ！」とは言ってくれるのですが、ボスが近くにいるときは私をガン無視するので、それはそれで面白かったです。

私、別にケンカ早いわけじゃないんですよ？　お酒のせいです。でも大好きな『ラピュタ』を邪魔されたら普通、キレてもよくないですか？

お酒を飲むと、強気というか、気が大きくなるのは事実です。私はあまり自分の本心を人に見せませんし、しゃべっても面白くない人間だと思うんですけど、お酒を飲むとたちまちフレンドリーな人間になるんです。「お酒を飲んでいるときのきつこちゃんが一番好き」とよく言われてました。萎縮せず、堂々と、思ったことを言う私のほうが他人から好かれるようです。そのさじ加減を間違えると、あとには地獄が待っているので、お酒に頼らず堂々としていられる人になりたい。来世では。

返してっ！
返して～！
返してってば
さとしって誰だよ
あ　カップルが喧嘩してる♪
浮気したんだろ

おいおい
おいおい
アタシも
まぜとくれよ
えっ？
えっ？
えっ
じゃねーん
だよ
うわっ
酒くせ～

気合が
足りねーんだよ
死ぬ気で抱くんだよ
死ぬ気で
抱いてりゃ
こんなことに
なんねーんだよ
ね？
あれ？

こりゃクロだ
クロじゃないもん
行こっ
仲直りしたじゃねえか
よかったな～

ハ〜ア・・・
鉄道警察
鉄道警察
たっ
たっ

ビッ
ズッ
今日はいいことしたな

これから宇宙時代が始まります

周りが見えなくなっているカップル、いますよね。みなさんはどう思いますか？　ブサイクとブスの路チューは見苦しいでしょうし、狭い電車内でイチャイチャされても邪魔ですよね。でも私は、年食って、ようやく微笑ましい気持ちで受け入れることができるようになりましたよ。恋愛で周りが見えなくなるのはわからなくはないですし、それだけ彼らは幸せなんですから。なので「カップルうぜー」と感じてしまう若い方々、もうしばらくの辛抱です。年食えば、「そんな時代もあったかもね～」でスルーできます。けど、一つだけ言わせていただきます。以前私がアシスタントとして付いていた先生が、彼女を仕事場に連れ込んで、みんなが必死こいて背景描いてる後ろでイチャつきやがって。さすがにそのときは「死なないかな～」と思ってましたよ、ねえ、R先生！

さて、実は私、いいことしまくってます。心掛けよく生きることって、本当に大事なんですよ。悪いことをすれば罰が当たるし、いいことを続ければ必ず報われます。因果応報って、確実に存在しますから。そういうの「胡散臭い」とかいう人いますけど、私からしたら否定する人のほうがマジでヤバイです。もう否定する時代は終わっています。これからは宇宙の時代ですよ～!!

かつて天動説から地動説へシフトしたようなパラダイムチェンジが近い将来、起こりますからね。みなさん、覚悟しておいたほうがいいですよ。自分に嘘をついたり、人を陥れたり、そういうのはぜーんぶ返ってくるから！　世の中には、この法則に気づいてない人が多すぎる。これは、何かの見返りを期待

して募金をしている自分にもたびたび言い聞かせてる。うん。
私はお酒を飲むと、すぐ知らない人に話しかける癖があるようです。以前、妹の旦那さんと飲みに行ったとき、酔った私は席を立ち、店中の人に話しかけ始めたそうです。後日その旦那さんから「爆弾抱えてるような気持ちで落ち着かなかった」と聞かされました。
私は普段、決しておしゃべりなほうではないと思います。例えば居酒屋で4～5人で会話しているとするじゃないですか。酔っていない私は、その間ほぼ無言で、人の話をただヘラヘラ聞いているだけなんです。そうすると家に帰ってから「あ～あ……。気の利いたこと一つ言えなかったなぁ」ってひどく落ち込むんです。でも、お酒を飲むととっても饒舌です、私。で、いろんな人とフレンドリーに会話できるんです。それがきっと楽しくて、今回のように赤の他人にまで話しかけてしまうのでは、と自分なりに分析しています。そう、幸せ気分で、イチャつくカップル同様に、周りなんて見えませんよ。

第7話　埼京線スーサイド

NEWDAYS
130円
パカッ
常に酩酊状態にあることが
習慣となった私は
水代わりに
飲酒するように
なった

目的もなく
適当な駅で下車し
ベンチに座り
電車を乗り降りする
乗客をただ眺める
目的地がないのは
私だけ……

多くの目的を乗せて
走る電車を
私はただ
見上げるだけだ

パァン
ザワ
キャアアア
飛び込んだぞ
キャアアアア
ザワ

チーーン

ホント最後まで
バカなコだったねぇ
やっぱりね

バリッ
ボリボリ
オマエ全然悲しそうじゃないな
話しかけないで
アンタとは口きかないから
俺が生きてる間に仲直りしてくれよ
やだよ
お姉ちゃん死んだし
あたしはもうこの家と縁切るんだよ
オヤジ聞いたか?

四年ぶりに口きいたら
コレだぞ
ったく
しょうがねーな
ったく
しょうがねーな
フフッ

さーて
帰ろっと

「死にたい」けど「生きたい」毎日

数年前のことです。私の父の弟、つまりオジサンが肝硬変で亡くなりました。完全なるアルコール依存症で、58歳という若さで亡くなりました。

オジサンには大学生の頃、結婚を誓った女性がいたそうです。いざ結婚しようと心に決めたとき、両親の大反対によって泣く泣く別れさせられたということでした。

私が小学生になるくらいまでウチにいて、よく遊んでくれましたね。オジサンは決してカッコ悪くないし、背も高くて面白いけど、なかなか結婚しませんでしたね。30歳も半ばになってお見合いして、『三国志』に出てくる関羽にそっくりな女性(ヒゲはございません)と結婚しましたね。家庭を築いてからも深夜、ウチに電話してきては「死にたい」と繰り返し言っていましたね。晩年は教職という立場でありながら、その酒臭さがよく学校で問題になっていましたね。

そんな中、私が一番よく覚えているのは「本当は好きな人いたんだけど結婚できなかったんだー」です。

繰り返しになりますが、生涯独身を貫こうとしていたけど、両親の勧めでオジサンは関羽似の女性と結婚しました。その女性とはアルコール依存症になったあと、別居しました。思うに、「好きな人」が忘れられず、そのことをぶつける当ても見つからず、お酒を飲みまくったのかもしれませんね。

私にとっては、ただの酒飲みで、気さくなオジサン。生きていたら今の私を見て、何て言いますか……?

アルコールに依存するようになってから、私も飲むたび、オジサンのように「死にたい」と思うようになりました。感覚としては、すべてに対して「投げやり」で、生きてるだけでツライ。息するのもツライ。そんな感じ。この先どうしていけばいいのかとか、いろいろ考えているうちに、「どうせツライなら死んでラクになりたい」とネガティブに思ってしまうのです。

電車が行き交うホームにただ座り、私は「死にたい」と思ってました。

ある日、「S極」であるレールに、「N極」の私は強く引き寄せられました。立って電車を待っていた私は、線路に吸い込まれそうになって、思わず尻もちをつきました。そして「死にたい」はずの私は近くのベンチまで這っていき、しがみつきながら思いました。「死にたくない」って。

「死にたい」けど、死んだら人に迷惑かけちゃうから「生きたい」。

「生きたい」けど、生きてても人に迷惑かけちゃうから「死にたい」。

その無限ループです。もう、お酒飲んで駅のホームには行きません。

第8話　とことん馬鹿になれ

2014年正月　弟が実家に帰省したときのこと
ただいま
はぁ――もう限界
ガチャ
オヤジ
これ俺が撮ったポスター
写真うめぇだろ
うめぇやたいしたもんだ

お母さん ビールは？
ないよ
じゃあ焼酎でいいや
ない
あったろ あのまずい焼酎
ないよ
じゃあ仏壇の脇にあった日本酒は？

ない
全部きつこが
飲んだ
梅酒もドクダミ酒も
家にあるお酒は
ぜ―――んぶ
きつこが飲んだ
ええー
買ってくれば
よかった
あのコ
料理酒まで
飲んじゃうんだよ
ガラッ
おい
きつこ

チ〜〜ン
あっ
やっちゃん
おかえり

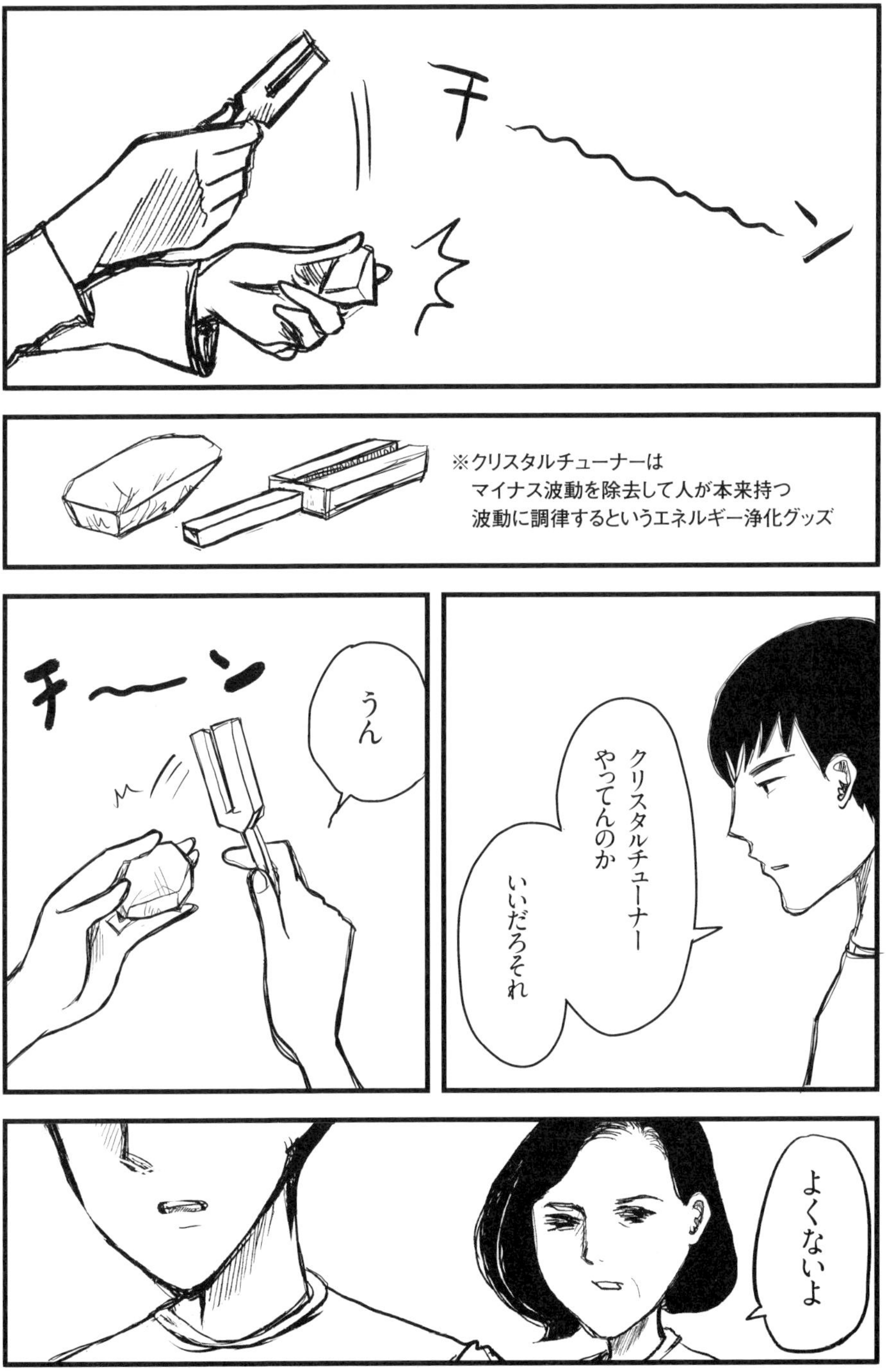
チ〜〜ン
※クリスタルチューナーは
マイナス波動を除去して人が本来持つ
波動に調律するというエネルギー浄化グッズ
クリスタルチューナーやってんのか
いいだろそれ
うん
チ〜ン
よくないよ

朝っぱらから
庭でチンチン
やるから
オウムの残党がいるって
近所で言われ
始めてるんだよ
おい
ちゃんと運動
してるか?
汗かけよ
サウナ行けサウナ
うん
チーン

フェイクプレーン！
お願いします
助言をください
私は
私は……
面白い漫画が
描きたい

もっと
バカになりなさい
もっと……
……バカに
たっ
たっ
はぁ
はぁ

もっと
バカになったほうがいいんだって！
……んなもん とっくに知ってるよ
そんなの当たり前のことだろ
つまんねぇよ
どうしたんだよ もっとカッコイイ姉ちゃんだったろ

俺はそういうのもう何っつっ周もしてるからな
たのむからもっと強くいてくれよ……
ぐす…
泣いてんじゃねえ
漫画描け
一発当てて早くやめなくちゃ

パジャマでいたい

もともと漫画好きということもありましたが、大学へ通いながらなんとなく漫画を描き始めました。21歳〜22歳くらいの一年間は、江川達也さんのところでアシスタントの一人として経験を積みました。それと並行して、「入院患者の独白」を描いた3ページの短編を『ガロ』に送ってみたりもしましたが、すぐ送り返されてきましたね。内容、シュールすぎましたか？

日芸を卒業後、プラネタリウムで働くことになりました。そこでプラネタリウム用のギリシャ神話を描いたりナレーションを付けたりしながら、漫画を描き続けていたのですが、どうにもこうにも上手くいかず、26歳でいったん、あきらめました。やがてプラネタリウムの給料の安さに耐え切れなくなって、OLとして転職したのち、その職場で出会った男性と28歳で結婚することになります。その間も、元江川プロの同僚の漫画をたまに手伝ったりしてました。そう、いったんあきらめたくせに、でもあきらめきれなくて。30歳で36ページの青春ものを描いて、ちばてつや賞準入選したのは私のちょっとした誇りです。

かつて岩館真理子さんが雑誌のインタビューでこう言っていました。

「漫画家は一日中、パジャマでいられるんです」

中学生の頃、それを読んだ私は、とても感銘を受けました。というか自分にとっての「夢」がなんなのか、ハッキリしました。

「一日中、パジャマ」

今なお古びない、なんて素敵な言葉なんでしょう。

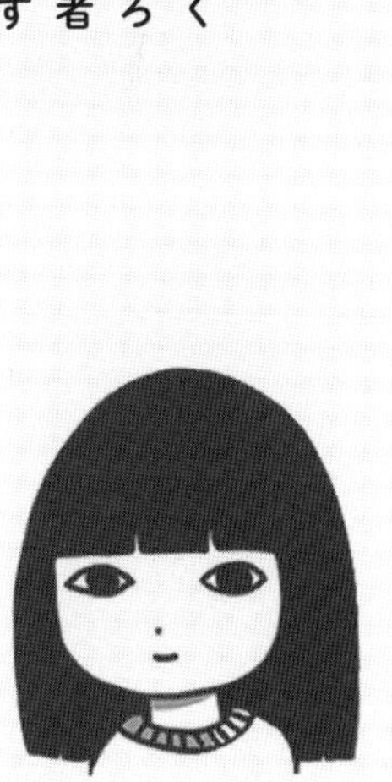

休日でもないのに、一日中パジャマ。
病気でもないのに、一日中パジャマ。
お正月でもないのに、一日中パジャマ。
悠々自適のパジャマライフですよ。
アルコール依存症となったことで、はからずして「一日中、パジャマ」を叶えた私ですが、そんな私にもまた新たな夢ができました。
漫画を描いて描いて描きまくり、売れたらギリシャにお引っ越し。
そこで漫画を描きながら、のんびり暮らしたい。
それこそ売れたら、「ミコノス島でパジャマ」です。

第9話　目が先に、死んだ

2014年某月
ドラマの試写会に
招かれた
一杯だけのつもりだったが
気が付くと
知らない駅だった
えっ どこ?
ココ どこ?
大丈夫ですか?
初老の男が
話しかけてきた
あの……
私……いつから
ココにいました?

私が最初に見たときから ずっとこのベンチで 寝てましたよ
そうですか……
あ
ケータイがない
あれ？ ない
……ない
なくしましたか？
わかんない
鳴らして みましょうか？
コク

ピ
番号は090-○○××-○×○×です
RRRR
鳴らない
どこでも鳴ってない
音がしない！
どこかで落とされたようですね
やだ～もう～やだ～～～
タタン
タタン

これは
全部夢だ
現実じゃない
これは私じゃない

ガチャ
ヨロ……
おい
いい加減にしろ
来るなら電話しろ
おい
ケータイ
なくした
から……
電話できな
かった……
あ
夢じゃない
やっちゃんの顔見たら
現実に戻った
少し
休ませて
フラ
フラ

……
見世物じゃねえぞ
何見てんだよ

すげぇな
その目はなかなか
できないぞ
もうじき
死ぬのか?
スッ
やめて

撮ったらぶっ殺す
あっ、怒りで目が生きた
ププッ
カシャ
ハハハハハハ

撮んないでって
言ったのに……
ヒャッ
ヒャッ
ヒャッ
目が生きた
ひどい

ひどいよ……

クックック

撮んないでって言ったのに〜

ぐ‥

うわぁぁぁん
うわぁぁぁん

あははははははははははははは

あの時の優しいおじさんへ ケータイ見つかったよ!! ありがとう。

私がいろいろ失くす理由

ドラマ『アラサーちゃん』の第一話の放送を、峰なゆかさんをはじめ関係者たちがダイニングバーで鑑賞するという華やかな会にお呼ばれしまして、関係者でもない私はおっかなびっくり参加しました。正直、「お酒をけっこう飲んだ」こと以外は、よく覚えていません。「お酒を飲みながらひたすら泣いていた」と後日、その場に居合わせた方から聞かされましたが、もう覚えていないということでみなさん、許してもらえませんか？　きっと、悲しかったんです、私。その会で失くしたケータイですが、参加者のひとりで『アラサーちゃん』の担当編集さんが見つけてくれ、郵送してくれました。ありがとうございました。

アルコール依存症とはいえ、あまり物を失くしたことはありません。強いて言えば、メガネが数回行方不明になったくらいです。お酒を飲んでいると、メガネが重たくなってきて、耳が痛くなりますよね。で、外して、そのまま放置プレイというわけです。メガネは一度も見つかりません。ケータイに比べたら売れるほど高価なものでもございませんし、目が悪い人、というか私と同程度で目が悪い人以外は使い道ないと思うのですが、どうしてでしょう？

あと100パーセント失くすものといえば、傘ですかね。でも傘は失くすために買うようなものなので、よしとしましょう。

このとき弟は、私の目を見て、「おまえ、闇だな」と言いました。弟以外の誰かに指摘されたことはございませんが、この頃の私の目には生気がないどころか、どす黒い闇が落ちていたようです。ちょうどブログ「オリモノわんだー

らんど」の最終回をアップした頃だったと思います。思考力がなく、文章も、イラストも、漫画も描けやしない。「うつ」状態で、精神安定剤代わりにお酒を飲んでは、酔っぱらって「そう」状態。私はただ、「安定」したかっただけなんですよ。

ケータイを失くす――。
もしかしたら、人との関わりを断ちたかったのかもしれません。
メガネを失くす――。
もしかしたら、いろいろなものを直視したくなかったのかもしれません。
傘をよく失くす――。
もしかしたら、雨に濡れて人知れず泣きたかったのかもしれません。
私はこの頃、ひたすら闇の中を生きていたのです。

第10話　未知との遭遇

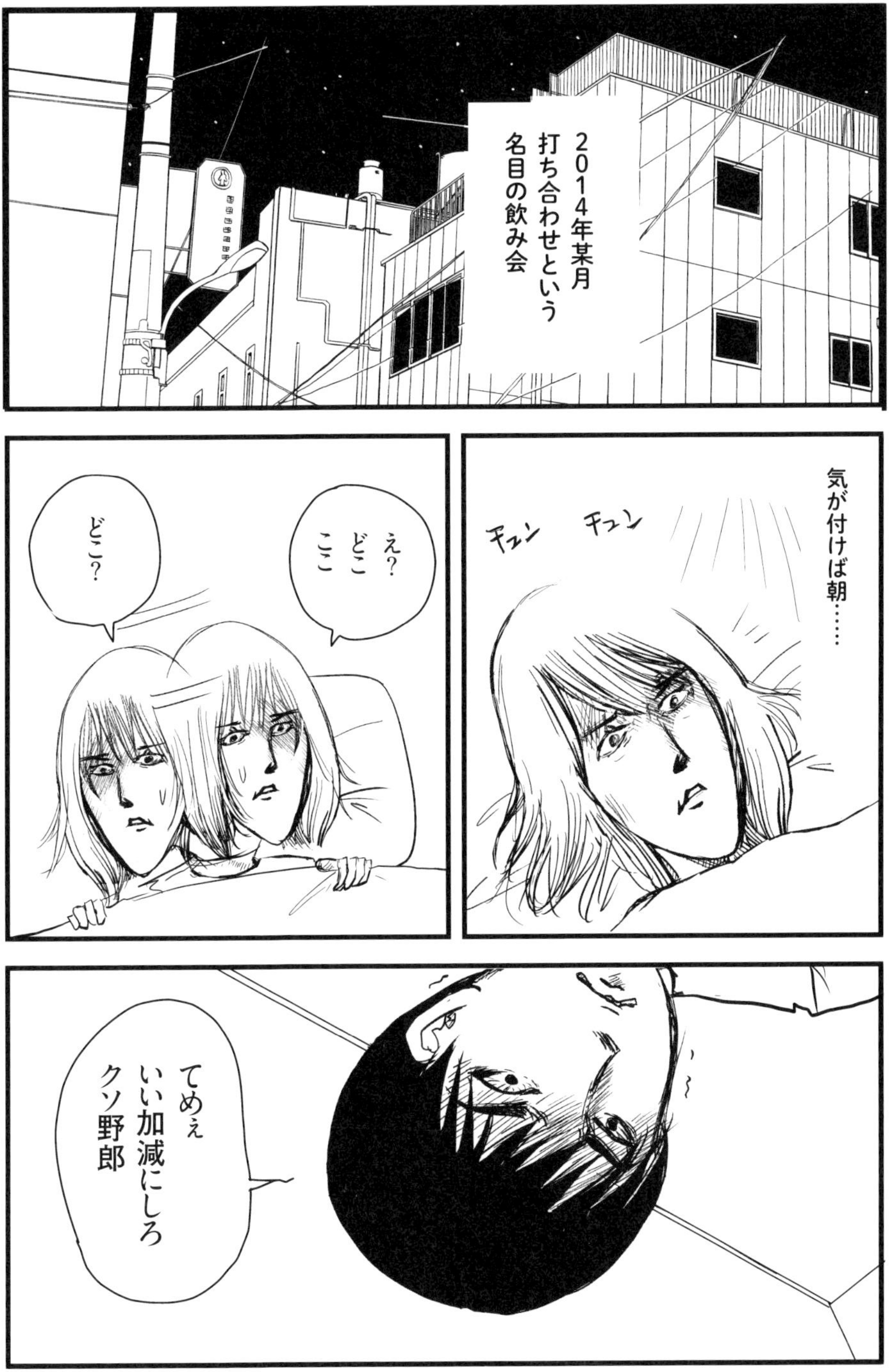
2014年某月
打ち合わせという
名目の飲み会
気が付けば朝……
チュン　チュン
え？どこここ
どこ？
てめぇいい加減にしろクソ野郎

なんだ
やっちゃんちか
よかった～
うわっ
すごい怒ってる
てめぇ
毎回毎回
酔っぱらって
ウチ来やがって
今度酔っぱらって
来ても
家には一歩も
入れないからな
人に迷惑ばっか
かけやがって
酒やめろ
あとな

俺んちに来るときコンビニでおにぎり買ってくんのもやめろ
おにぎり買ってきたよ～
だから俺はコンビニのおにぎり食わねえっつってんだろ
わかったよ
ケータイばっかいじくってないで人の話聞けおい
オマエ年いくつだ?
……
39

オマエ
死ぬぞ
……
生きる才能
ゼロ

全っ然面白くないからな
知ってる
酒の力にたよって人とコミュニケーションとるなんて全然面白くないからな
わかってる
……でもね

私は
お酒を飲まないと
人と明るくしゃべれないの
じゃあ
しゃべるな
よ
しく
しく
そうやって
何かしら理由つけて
酒飲んでよ
カッコ悪いぞ
泊めてくれて
ありがとう
もう帰るね……

まぶし
早く死んで楽になりたい
そんなことばかり考えていた
あれ……？夢と現実の区別がつかない
ずっと夢の中にいるようだった

あっ
須藤元気
チラッ

グニャ
スゥ
時空がゆがんだ

弟
電話をかける
あ、やっちゃん さっき須藤元気と すれ違ったんだけど
すれ違った瞬間 空間がゆがんだよ グニャ～って
須藤元気 スローモーションで 歩いてた
あれは 宇宙人だね

いい加減に
しろクソが
てめー
今度宇宙人の
話したら
ぶっ殺すぞ
プツ…！
ツー
ツー
このあと
私はアルコール依存症の
治療に専念するため夫と離れ
実家へ戻ることになった
早く
夢から
さめない
かな……

お酒はドーピング

私は人とコミュニケーションをとるのが苦手です。自覚したのはちょっと遅くて、就職して社会に出てからでしょうか。他愛のない天気の話とかが、できないんです。プラネタリウムで館長が「昨日、心臓のレントゲン撮ったんだよね～」と言うと他の職員が「あら、心臓に毛が生えてませんでしたか？」ってサラッと返すんですよ。「お役所ギャグだなー。すごいなー」って。こういう切り替えし、私にはできないと思い知りました。プラネタリウムで働いて一番よかったのは、天気の話ができるようになったことですかね。

こう返したらつまんないかな？とか、相手は何を望んでこう言っているのかな？とか、先回りして考えちゃうので、「こんにちは！」「こんにちは！」「……………」。次の言葉が出てこないんです。

挨拶の、二の句が継げず、ぼっちかな（五・七・五）。

そんな私にとって、お酒は力強いパートナーでした。

人と会話するとき、「面白い話しなきゃ！」という強迫観念にとらわれます。ブログを始めてからさらに、そのプレッシャーは自分の中で肥大していったのです。仕事の打ち合わせがあれば、その前に一杯ひっかけるのは当たり前。トークイベントのときも、それで大失敗したわけです。お酒というツールに頼り切っていました。

それがよくないというのは自分でもわかっていて、私は一度病院に行き、「キンチョーしなくなる薬をください」とお願いしました。そして、精神安定剤

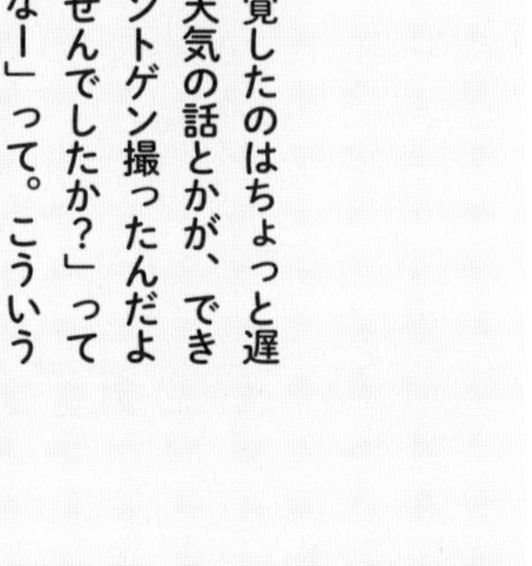

カームダンをもらいました。

精神安定剤を飲むと気分はアッという間に落ち着きます。感情が高ぶっていても、体育座りでアリの行列を眺めているような状態になります。でも、落ち着きすぎて、まったく面白いことを言えなくなる。以前ニコ動に出たときも、後日あらためてその動画を見て思いました。「クソつまんねー女だな」って。終始、落ち着いてはいるんですが、冷静すぎて、大物でもないのに妙な大物感まで漂わせているんです、私。

この頃、私は、現実と夢が混ぜこぜで、ずっと夢を見ているようでした。夢を見て起きたときに、夢だったのか現実に起きたことなのかが区別つかないんです。あれ？　どっちだろう、とインターネットで検索して、「よかった〜、松田聖子死んでないや」って。そんな感じのことを繰り返してました。

私がもともと面白い人間だったら、お酒を飲まなくても面白いことを言える人間だったら、こうはならなかったんでしょうか。

誰か、私を「面白い」から解放してください。もう、お酒というドーピングはしたくないんです。

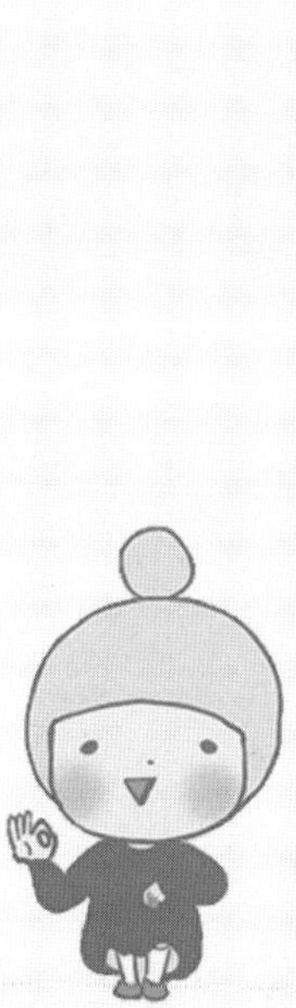

第77話　女医は言う

今日は
どうされましたか？

あの～
アルコール依存症だから
一度病院で診てもらえって
言われたんですよ～
誰に言われ
ましたか？
父と母と妹と
弟と
あと
妹の旦那さんとか
仕事関係の人に

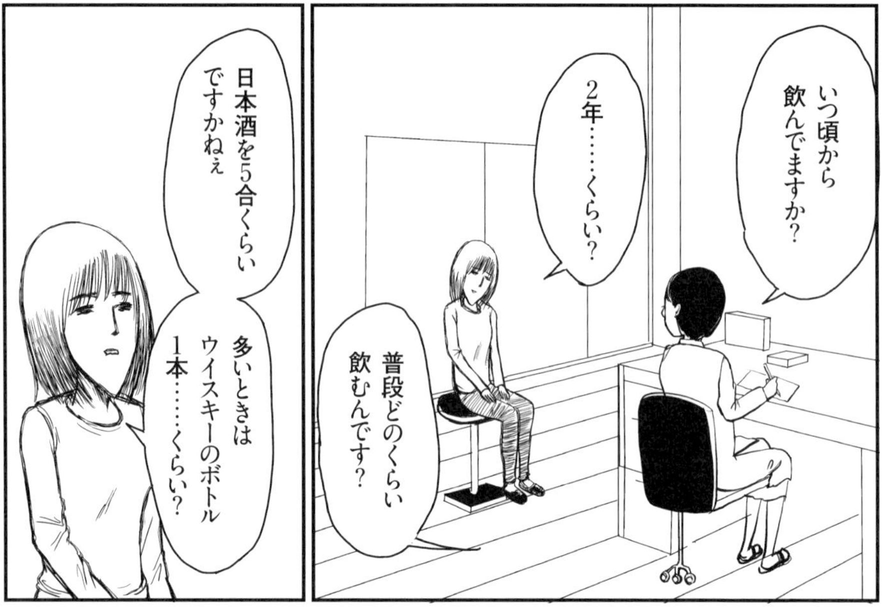
いつ頃から飲んでますか?
2年……くらい?
普段どのくらい飲むんです?
日本酒を5合くらいですかねぇ
多いときはウイスキーのボトル1本……くらい?

家族はお酒を飲むことを止めないんですか?
やめろと言われてます

そういうときは飲まないんですか?
そういうときは家族が眠るのを見計らって夜中にこっそりお酒を買いに行きます
アルコール依存症ですね

うそお〜
さっき血液検査 異常ないって 言いましたよね
飲みたい気持ちを 我慢できないのは アルコール依存症 です
それじゃ 世の中の酒飲み みんなアル中じゃ ないですか
そうですね

うっっそお〜
入院 します？
しない
通院 できます？
する 通院する
やること たくさんあんの 入院は無理なの

こうして
アルコール依存症の
治療が始まった
処方された
3種類の薬を
きちんと飲み
なんら変わりのない
日常を送った

そして
私は思った
完全に
誤診だな

「理由」をつくろう

「アルコール依存症」と診断されたときは、「この程度で!?」と本当にビックリしました。それと同時に、「あーあ、これでもうお酒飲めないんだな……」と悲しくなりました。さらに「ていうか完全に誤診だわコレ……」とも思いましたが、信じることにしました。「信じる者は救われる」を信じることにしたのです。

初診後は、10日に一回のペースで3か月間、通院しました。通院と言っても、やったのは血液検査くらいのもので、あとはお医者さんとのカウンセリングでした。いろいろな悩みを聞いてもらいましたね。治療というか、最終的には担当医さんに家庭の愚痴や悩みを話したことしか記憶にありません。ただそういった「愚痴をこぼす場所」があったのは、今思えば私にとって、薬以上に必要なことだったのかもしれません。

薬は抗酒剤のノックビン、抗不安薬のレキソタン、入眠剤のマイスリーを処方されました。薬を飲むと精神状態がフラットになり気持ちが落ち着くので、わざわざ飲酒をしてテンションを上げる必要がなくなりました。それらの薬によって「無理にしゃべらなくてもいいんだな〜」という気持ちになり、もっと早く気付けばよかったと思いました。

「キャバ嬢まなみ」の回（12話）で一度、飲んでしまったけれど、通院期間中は一滴も飲んでいません。3か月の通院が終わった際にもらった薬もあります。レグテクトという新薬で、飲酒欲求を直接抑える断酒補助薬です。再発防

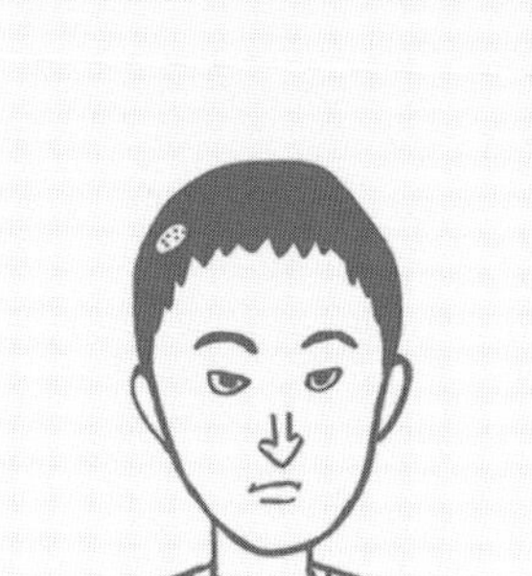

止のために処方されるようなお薬ですが、ほとんど飲みませんでした。
よく、「底つき体験」って言うじゃないですか。「落ちるところまで落ちた」という感覚で、依存症克服のためには必要な体験とまで言われているのが「底つき体験」ってやつです。でも私は依存症になってから底つき体験はしていないんです。朝、目が覚めて、ウイスキーを飲んだときに吐いちゃって、「あ、これヤバイやつだ」ってすぐ病院へ行くくらい心配性な私ですから。底つき体験してようやくやめられたという人は多いですし、底つき体験する前に病気になって死んでしまう人もいっぱいいます。でも私は、面白い漫画を描いて今までバカにしたヤツを見返してやる!というのがそもそもの原動力なので、「底つき」してる場合じゃないんです。
お酒を飲む=仕事に支障が出るので、飲まない。「理由をつくって飲む」のと同じように、理由をつくれば飲まずにいられるんです。私が今、何で自分の意志でお酒をやめられたのか……って、もう「自信」でしかないです。「私はお酒を飲まなくてもやっていける」という自信が、今の私を支えています。
この頃は治療に専念するために旦那と離れ、実家に戻り、家族の厳しい監視下に置かれて外出すらろくにできませんでした。ほとんど監禁状態。酒を隠れて買いに行くなんてできませんでしたよ。ただそれも、自分の撒いた種なんですよね。

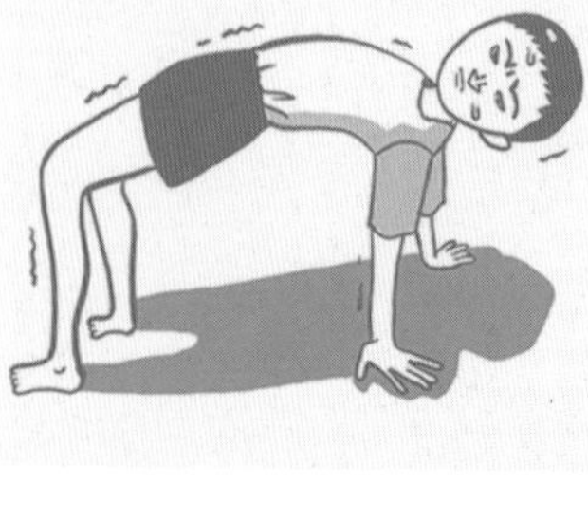

通院を始めて
2週間が過ぎた頃
件名：静香です＼(^▽^)/
お元気ですか？(*^▽^*)
お店に
良かったらまたお店に
遊びに来て下さいね♥
静香♡
再び静香さんから
連絡が来た
返信した
スッ
スッ
こんにちは〜!!
是非伺いたいでーす
静香さんの出勤日を
教えて下さ〜い!
＼(^▽^)／
なぜあの日キャバクラへ
立ち寄ったのか
そこで静香さんと
何を話したのか
ただ単純に
知りたかった

カチャ
スナック
明美
FIVE
海ほたる
センチメンタル
Epsilon
あった
海ほたる
海ほたる
キョロ
キョロ
店内では
ミラーボールが
寂しそうに
クルクルまわっていた

ご指名は
キリッ
静香さんで
あ――
まんしゅうきつこ

もぉ〜心配したんだよ〜
このまえはちゃんと帰れた？
はいっ
この人が静香さんか……
どうする？お酒じゃなくてウーロン茶にしとく？
はいっウーロン茶でお願いします
実は……あの日のこと何もおぼえてなくて
今日はそれを知りたくてココに来たんです

静香さんの話によると
店の近くで
行き倒れて
いた私を
店長が見つけ
なんだ
アレは
店まで運び
コレ
なんとかして
やってくれ
はい〜っ
目を覚ました
私は
仕事のことや家庭のことを
それはそれはよく話し
そのときもかなりお酒を
飲んだらしい

そうだったんだ……
そのときだった
ちょっと
あっ店長
これに着替えて
向こうのテーブルについて
えっ？えっ？
アタシ？
まなみさん！早く着替えて
まなみって誰だ……

ホステスが足りないという理由で突然
知らない爺さんの接客をさせられた
カロン
とく とく
新人？
何ちゃん？
……まなみです
カラン

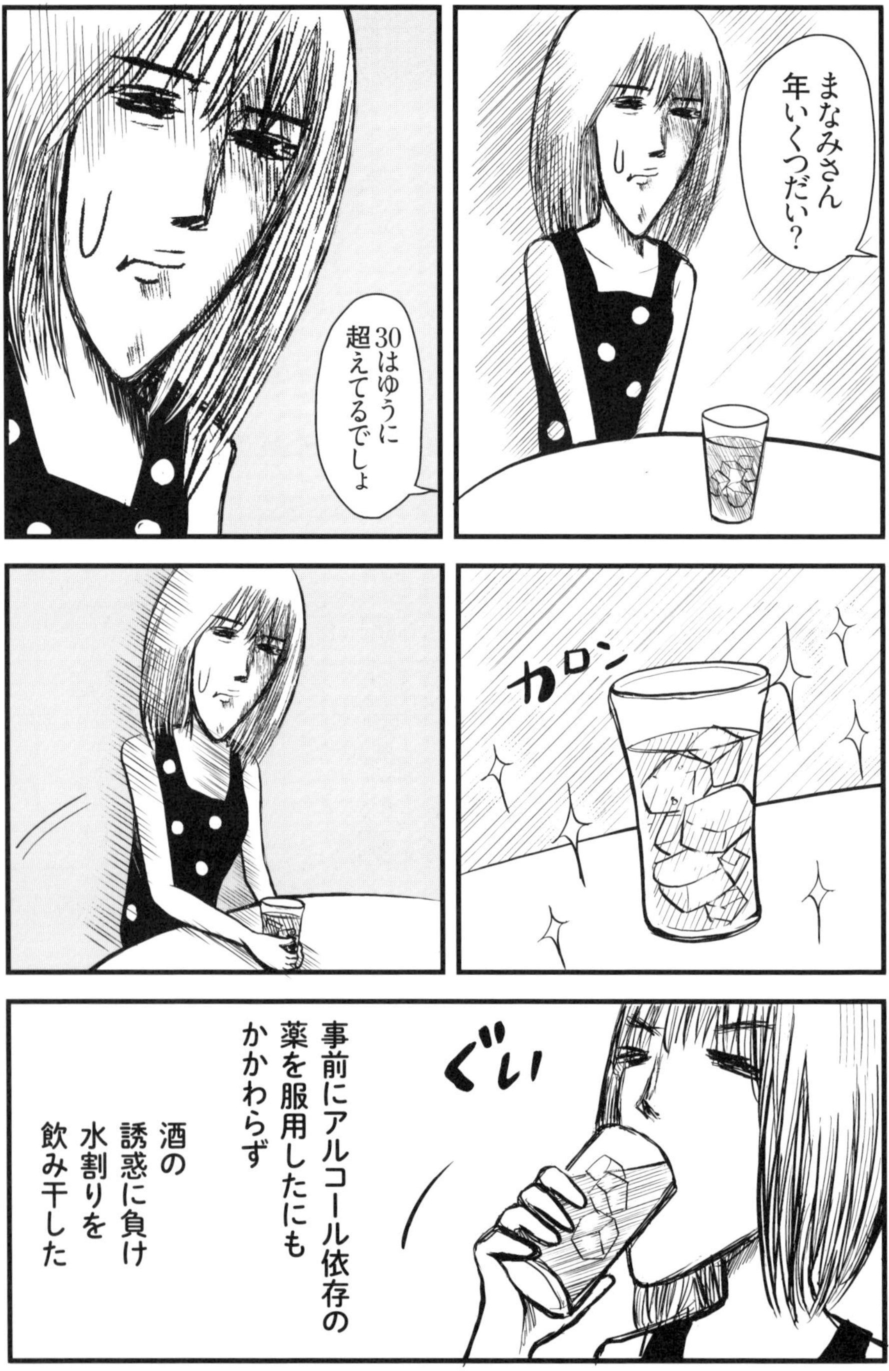
まなみさん
年いくつだい？
30はゆうに
超えてるでしょ
カロン
ぐい
事前にアルコール依存の
薬を服用したにも
かかわらず
酒の
誘惑に負け
水割りを
飲み干した

私は完全に
ラリッてしまった
内服薬
1日3回
朝・昼・夕
1回1カプセル
お飲み下さい
精神安定剤が
アルコールに過剰反応し
ドンギマリしたのだ
ペラ
わー
オーバードーズ
オーバードーズ
ペラ
焦点の定まらない目で
しゃべり続ける私に
爺さんが
アンタ
なんか変な
クスリやってるだろ
と言った

爺さんがあまりにしつこく「アンタは変なクスリをやっている」と言い続けるので
ホントに変なクスリやってない?
現在アルコール依存の治療中で薬を服用しているにもかかわらず飲酒してしまったと正直に話した
実は
アンタバカだねぇ……
はい……
老人の呆れ顔は胸に来るものがあった
結局その日
私はバイト代をもらった

あれから一年
先日
師走の街を
あてもなく
歩いた
We wish you A Merry Christmas
ジングルベール〜♪
ふとあの店を
思い出し
訪れてみたが
マッサージ
店は
なくなっていた
スナック
明美
駅前のにぎやかな
イルミネーションの中を
歩きながら
もう一度
あの店のミラーボールに
照らされたいな
と思った
私にはあの場末の
ミラーボールの光が
丁度いい
さむっ

静香さん、お元気ですか？

先日、静香さんからメールが届きました。また別のお店に移ったそうです。

静香さんは女性芸人のようなノリの方で、見た目もあまり夜の世界の匂いがしないというか、親戚のお姉さんのような方で、打ち解けることができました。もしそれが天性のものでなくテクだったとしたら、プロ中のプロということになりますね。

私が行ったお店は、あまり派手派手しい華やかな店ではなく、こぢんまりとした場末の雰囲気を漂わせていました。よくテレビドラマにあるような女同士の熾烈な争いもなく、アットホームな空気が流れていました。それと同時に、店自体もわかりにくい場所にあり、すぐ潰れちゃいそうな店構えでした。バイト代を受け取ったときも「もらっちゃっていいのかな？」と心が痛んだくらいです。客も爺さんばっかりで、ホステスも素朴な感じの人が多くて、キャバクラというより、巣鴨のドトールみたいでした。

私はアルコール依存症と診断されてから毎日、抗酒剤のノックビン、抗不安薬のレキソタン、入眠剤のマイスリーの3種を服用していました。朝はレキソタンとノックビン、昼はレキソタン、夜はレキソタンとマイスリーです。

当然ですが、どれもお酒と一緒に飲んではいけない代物で、例えばノックビンは、アルコールの分解過程を抑える薬で、ちょっとした飲酒でも不快な悪酔い状態になります。

レキソタンは脳を鎮静させる催眠作用がありますが、お酒と一緒に飲むとそ

の催眠作用が強くなりすぎるそうです。
またマイスリーは、アルコールよりは弱いものの依存性があり、一緒に飲むと依存性が強まりお酒も薬も止まらなくなるということです。
まあそんな状態でお酒をがぶ飲みした私が、普通の状態ではなかったのは言うまでもありませんよね。爺さんも、お金払って隣にラリッたアラフォーが座っていたのでは、早く退散したかったことでしょう。ごめんなさいね。
最初に酔ってお店に迷い込んだときは、「店長が連れてきた客人」として、タダでした。でも2回目は、働いた分のお金から「静香さんの指名料」はきっちり天引きされていました。シビアな世界ですね。
キャバクラで女のコたちは、お客の「指名（料）」ほしさに、仕事中以外も「営業メール」でお店に誘ったり、「同伴出勤」したり、決してラクな仕事ではないと思います。でも人はキャバクラに限らず、恋愛・結婚にしても、仕事にしても、「指名」を欲して生きているのではないでしょうか？ お金以上に、私は「人生の指名」がほしい。

第13話 断酒会

通院から
3か月後
どうですか?
お酒飲んでませんか?
はい
ホントに
飲んでない
ですか?
はい
飲んでませんっ

にこっ
顔色よくなりましたよ
断酒会に参加してみます?
だんしゅかい?
アルコール依存症者が酒害体験や当時の心境を語る会のことです
断酒の誓い
一、私たちは酒に対して無力であり、自分ひとりの力ではどうにもならなかったことを認めます
一私たちは例会に出席
自分を率直に語ります
要するにお酒をやめたい人たちが集まる会です
断酒会に参加した

私は××××で××××
×××××××で
××××が
××というわけで
※断酒会で聞いた話は公言してはいけない決まりなのです
酒……ヤッバ～イよかった～
お酒やめてほんっっとによかった～
じゃ次はまんしゅうさん
はい
あちゃ～どうしよう……何話せばいいんだ

ええと……
私は
今までの
出来事を話した
参加者から
失笑が
もれた
プッ
フフッ
ププッ
——で
通院を始め
今に至ります
以上です
パチ
パチ
パチ
パチ
パチ
パチ
パチ
パチ
パチ
のカではどうにも
ならなかったことを
認めます
一私たちは例会に出席
自分を率直に語ります

パチ
パチ
パチ
ようやく出口が見えた気がした
ここにいる人たちはみんな仲間なんだ
断酒会参加してよかった
断酒会への参加は通院よりも効果があると言われてますよ
あのときの医者の言葉の意味が理解できた

私は
完全にお酒をやめた

冷蔵庫にビール
入ってるけど
1本くらいなら
飲んでもいいよ
いらない
たいしたもんだ
お母さん
私にお酒
勧めないで
散歩行って
きまーす

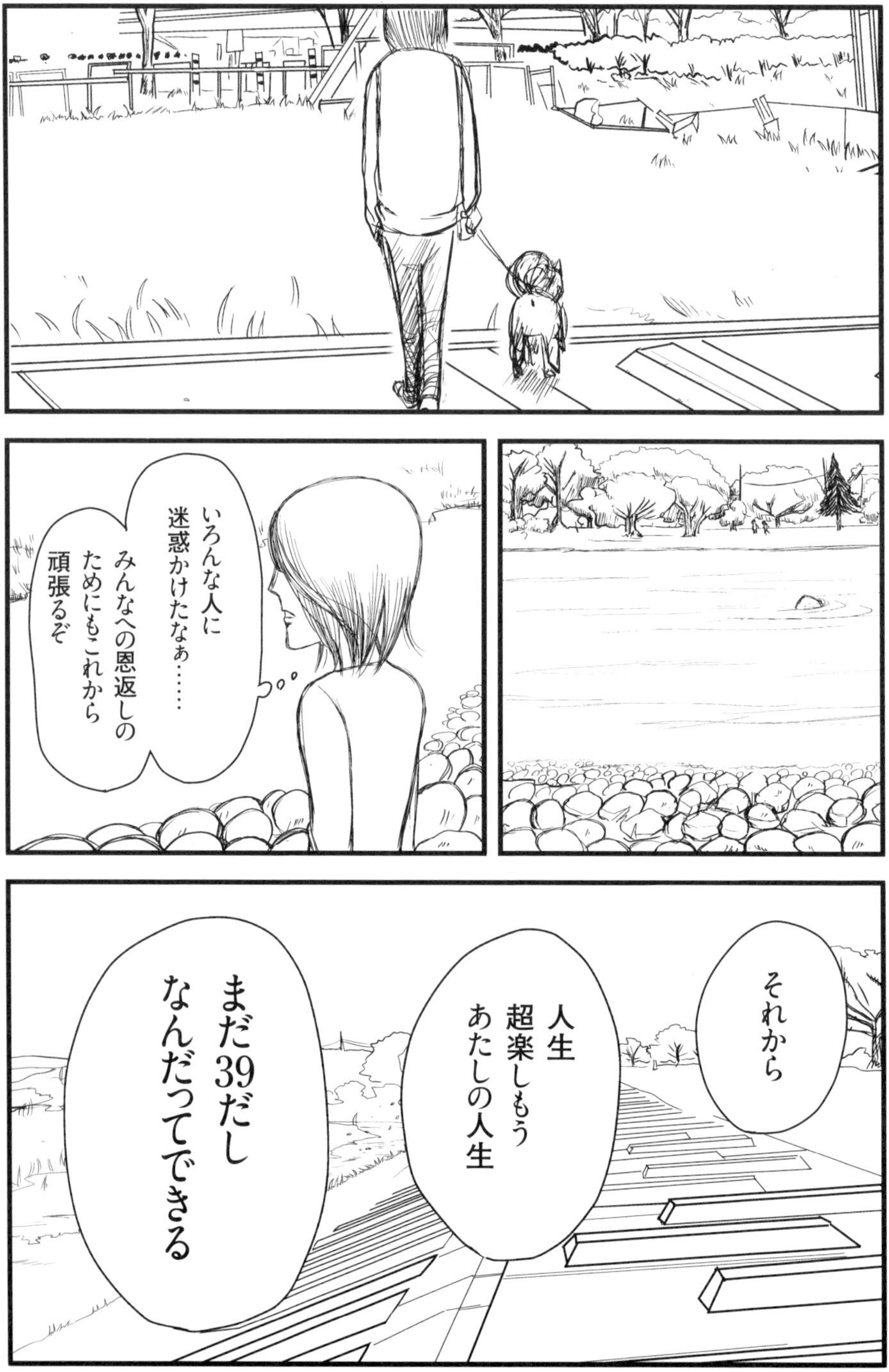
いろんな人に迷惑かけたなぁ……みんなへの恩返しのためにもこれから頑張るぞ
それから
人生超楽しもうあたしの人生
まだ39だしなんだってできる

ゴォォォ ォォ
フェイクプレーン
今日はどんなアドバイスをくれるのかな……
し———ん

おーい
おーい
しーーん
あれ？
しゃべんなくなっちゃったねモモちゃん
くん
くん
性格暗くなっちゃったのかな
行こっか

もう
大丈夫ですね
いつも
見守ってますよ
フフッ
アナタも
安全運転で
よい空の旅をね

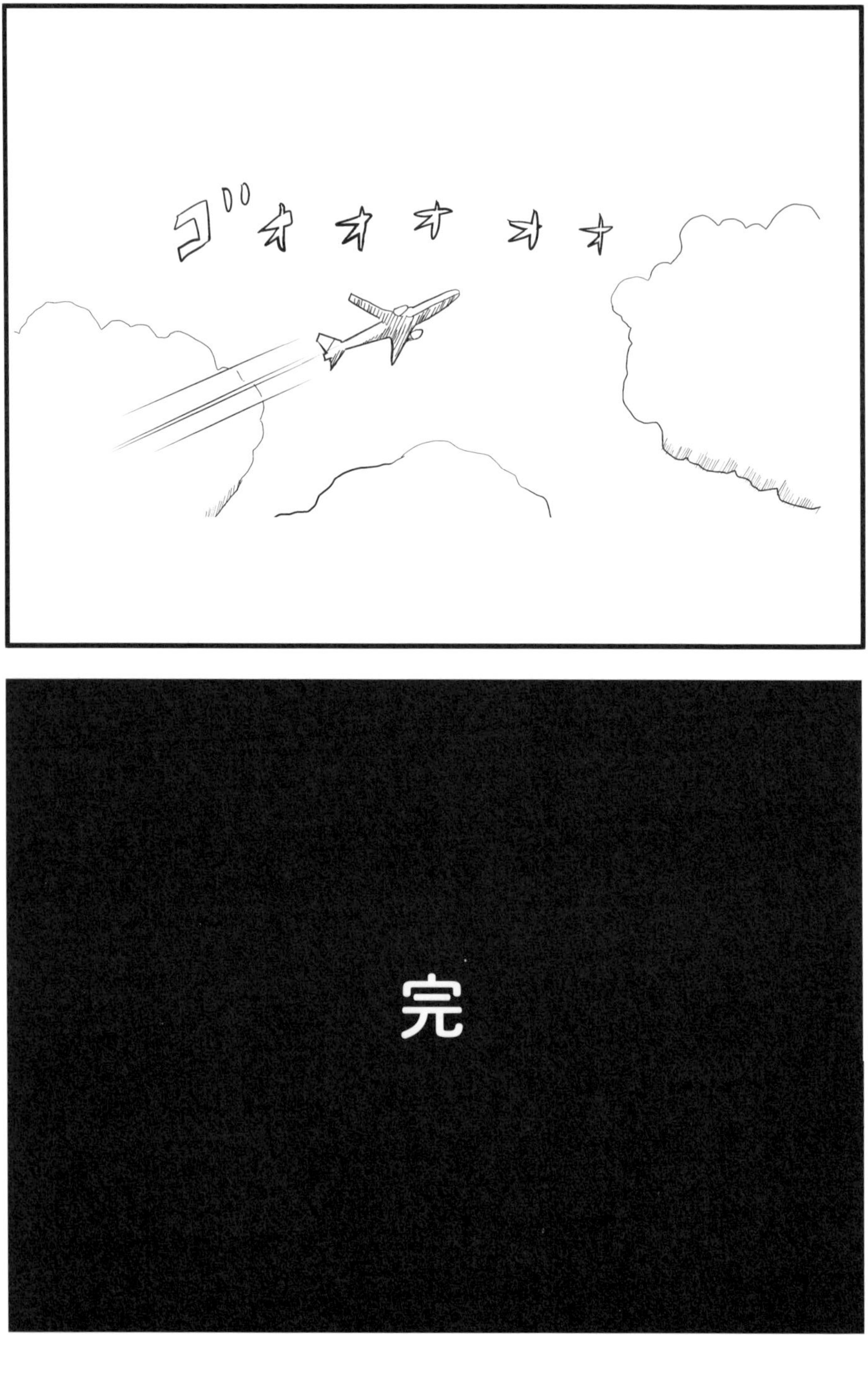
ゴォォォォォ
完

アル中になって「得たもの／失ったもの」

私が参加したのは「家族会」という断酒会で、アル中本人とその家族たちの集いでした。最初、私は間違えて家族の方たちの部屋へ入ってしまいました。「アメ食べますか?」「旦那さん、依存症なんですか?」とか世間話していて、なんか話が噛み合わないなと思ってたんです。で、「私がアルコール依存症なんです……」と言うと、みんな驚いて係の人に「すみませーん、この方、家族じゃなくて本人でーす」と言って、私は係の方に別の階へ案内されたのでした。

ずっと体が震え続けているオジサンがいたり、うまくしゃべれない方がいたり、それでもみんな「何年経っても飲みたい気持ちは変わらないねえ」と遠い目をしてしみじみ言うので、お酒の怖さをこれでもかと実感できた一日となりました。医者が「投薬治療より何よりも、断酒への効果が高いのは断酒会へ参加することです」と言った意味が、よくわかりました。そういうことだったのね。

私はアル中となって、いろいろなものを失いました。人からの信頼、お金、行動範囲（お酒のある場へ行くと飲みたくなってしまうので、そういう集まりに参加しなくなる）などなど。でも、得たものがたったひとつだけありました。それは「家族のありがたさ」です。

例えば、父。断酒会へ行くと言ったら、「断酒会ってなんだ? それヤバいやつじゃないのか? どこでやるんだ?」っていちいち心配するんです。「○○公民館だよ」と言うと、「よくマルチ商法の講演会やってる場所じゃないか! これ飲んだら酒やめられるって高い薬売りつけられるんだぞ」って。医者に勧

められた断酒会だから大丈夫と説明しても、信じることなく会場まで車で送り届けてくれたり。家族が本当に心配してくれて、「迷惑かけちゃった分、絶対恩返しするぞ！」と心に誓ったのです。

「お酒を飲まなくなってから漫画が面白くなったね！」と仕事でお付き合いのある方々に言われるようになりました。海の底まで潜水して、ようやく海面に顔を出した気分。お酒を飲んでいないことが自信となっている今、もう飲むつもりはございません。でもお酒の付き合いがとても多い仕事（業界）なので、今後、自分との闘いはまだまだ続きそうです。

おそらくこの本を読んでいる方の中には、「いやいや私はアル中じゃなくて、ただの酒好きだし」と自覚されていないアルコール依存症の方もいらっしゃるかと思います。この本が受診のきっかけになってくれたら嬉しいな。

アル中鼎談

中川淳一郎×小田嶋 隆×まんしゅうきつこ

取材・文／藤村はるな　撮影／スギゾー

人はなぜ酒を飲み、そしてなぜ酒がやめられないのか？
20年前、重度のアルコール依存症になり、
現在は禁酒生活を送るコラムニストの小田嶋隆氏。
そして、大量のビールのせいで体調を壊し、
記憶を失くしつつも、どうしても酒がやめられない
ネットニュース編集者の中川淳一郎氏。
そんな二人と、アル中からの帰還を果たした（？）
まんしゅうきつこが、「酒」について徹底討論！

要はみんな「酒飲み同好会」のメンバー。だから誰かが禁酒すると寂しくなる

中川淳一郎

まんしゅう　小田嶋さんはご自身のアル中体験についていろいろ書かれていますよね。『人生2割がちょうどいい』は本当に名著でした！　私自身がアル中で苦しんでいるときのバイブルでしたよ……。

小田嶋　ありがとうございます。

まんしゅう　中川さんとは、1年ぐらい前に、一緒にお酒を飲ませていただいたことがありますよね。正直、その日は飲み過ぎて、もう全然記憶がないんですけど……。

中川　え！　覚えてないの!?　おっぱい出してましたよ！　オレも飲むとすぐ記憶を飛ばしちゃうんですけど、まんしゅうさんの酔い方がすご過ぎて、記憶飛ばす暇がなかったです。

まんしゅう　えぇ、すみません!!　全然覚えてないですよー……。今日は今後の私のお酒との付き合い方について、ぜひお二人に相談できればと思ってます。

小田嶋　僕は39歳のときに禁酒してから、もう20年になるんですが、まんしゅうさんは今、何日目になるんですか？

まんしゅう　禁酒してだいたい１００日目ぐらいですね。

中川　え、１００日？　絶対オレなら耐えられないなぁ。もう今は全然酒を飲みたくなったりしないんですか？

まんしゅう　「飲みたい・飲みたくない」というよりは、もはや、「どれだけ酒を飲まないで耐えられるか」という耐久ゲームみたいになっていますね……。

小田嶋　なるほど。わかります。

まんしゅう　小田嶋さんは禁酒から20年たっても「お酒を飲みたい」っていう気持ちはもう一切ないんですか？

小田嶋　ないです。もともと僕は不眠気味なときや不安があるときに、それを解消するために、酒を飲んでいたので。やめてしまった今はもう全然飲みたいと思わないです。

まんしゅう　私の場合は、お酒を飲まないと人とコミュニケーションがとれないんですよ。だから、お酒を一切飲まなくなったら、はたしてどうやって他人との距離感をつかめばいいのかわからない。すごく不安ですね。

中川　オレの場合、酒を飲むと単純に楽しくなるんですよ。だからこそ、どんなに酒で吐いたり辛い想いをしても、何度も飲んじゃう。小田嶋さんは断酒後、酒を飲んだときの楽しさとか高揚感が懐かしくなったりはしないんですか？

小田嶋　ありますよ。レイモンド・チャンドラーの小説で「酒を飲まなくなると、世界の色が薄くなる」みたいな一節があるんですが、断酒後はまさにそんな感じ。たまにあの世界が懐かしいなと思うこともありますけど、飲まないで得られるメリットが多すぎて、もう飲もうとは思わない。

まんしゅう　たしかに。私もお酒を飲まなくなったらすごく効率的に仕事ができるようになったんです。「酒を飲んでいた時間は、本当に無駄だったんだな……」と。

小田嶋　僕も飲んでいる時代は1日3時間ぐらいしか仕事できなかった。飲み代もすごかったから、お金だけ考えてもベンツ2台分は節約できてるはずですよ。

まんしゅう　ちなみに、お二人は最高どのくらいお酒を飲まれたことがありますか？

中川　オレはもっぱらビールだけなんですが、多いときは1日ビールを8リットルぐらい飲んでいました。

小田嶋　僕は、最初はビールでしたが、その後はウイスキー。最後はジンを2日で1本ぐらいですかね。しかも、ずっと酔っ払っていたいから、一気に飲むんじゃなくて、一日かけてちびちび飲むんですよ。すると一日中ほどよく酔っ払える。

まんしゅう　わかります。アル中になると、「いかに少量で長く気持ちよく酔えるか」がポイントになるから、どんどんアルコール度数が高いものへと流れていくんですよね。

中川　たしか、以前小田嶋さん「アル中のときは実家にあった薬用の人参酒まで飲んでしまった」と言ってましたよね？

小田嶋　そうですね。当時は、アルコールが入ってれば、酒以外のものでも何でも見境なく飲んでいました。

まんしゅう　私もお酒がなくなると、家にあるワインビネガーからみりん、料理酒。あとは、化粧水用に買ってあったエタノールまで飲んでしまいましたね……。

中川　エタノールなんて飲めるの？

まんしゅう　飲めますよ。トマトジュースで割って飲んでました。それぐらいならまだいいんですが、うちには燃料用のアルコールがあったんですけど、あまりに私が家中のアルコール類を飲んでしまうので、家族が心配して缶にマジックで大きく「飲むな！」と書かれちゃいましたけど。

中川　ひゃー、すごい！　オレの場合、どんなに酔っ払っても、飲む酒はビールだけなんですよ。だからこそ、自分はアル中じゃないと思ってますからね。

小田嶋　いや、中川さんのはちょっと特殊なケースだとは思うけれども、やっぱりアル中だと思いますよ（笑）。

まんしゅう　アル中の怖いところのひとつは、どれだけ酒を飲んでいても、自分では頑なに「アル中じゃない」って思い

込んでいることですよね。自覚症状がないというか。

小田嶋　でも、飲む量である程度判別がつくはずですけどね。まんしゅうさんは、どのくらい飲んでいたんですか？

まんしゅう　多いときは1日でウイスキー1本。少ないときは日本酒五合とかでしょうか……。

中川　え！　そりゃ多いでしょ!!

小田嶋　多いなぁ。それだけ飲んでても自分のことを「アル中なんじゃないか」って疑問に思わなかったんですか？

まんしゅう　思わなかったですね。病院でやった血液検査でも、どの数値も全部健康だったたし……。

小田嶋　いや、たしかにお顔を見ても肝臓が悪い人特有の肌の黄色さとかもないので、相当強靭な肝臓をお持ちなんでしょうね。たぶん、かなりの内臓エリートですよ。

まんしゅう　内臓エリート、ですか？

小田嶋　アル中って、肝臓や膵臓など内臓系の機能が優秀な人でないとなれないんですからね。

中川　あぁー！　確かに！　普通は酒を飲み過ぎると、アル中になる前に吐いたり、体調を崩したりするから、飲もうとは思わなくなりますからね。

小田嶋　そうそう。内臓弱者の人は絶対にアル中になれない。ある種、アル中になれるのは「選ばれた人」ですよ。

中川　オレも、あまりに飲み過ぎたときは水飲むだけでも吐いちゃって、その後は酒を1滴も飲めなくなります。

まんしゅう　そういえば、私は飲んでも吐かないですね。

中川　普通は吐かざるを得ないんですよ。オレの場合、飲み過ぎるともはや胃が正常に働かなくて、10時間前に食った夕ンメンのニラが黒ずんでそのまま出てきたり……。

小田嶋　それが常人。まんしゅうさんは、相当な内臓エリートですね。僕なんてウイスキーのボトルを1本飲んじゃったら、絶対に翌日は使い物にならなかったですよ。

まんしゅう　そうなんですね。私、エリートだったんだ……。

中川　でもさ、まんしゅうさん。今後本当にお酒を飲まなくていいの？　だってそれだけ優れた肝臓を持つ人なんだったら、節制して飲むんだったら大丈夫そうじゃない？

まんしゅう　うーん、実は迷ってるんですよね。この本を描き終わったら、1杯だけ解禁しようかな……って。

中川　お、いいですね！　付き合いますよ！

小田嶋　いやいや！　絶対にスリップ（禁酒中の人が酒を飲んでしまうこと）して、また飲酒が止まらなくなっちゃうと思いますよ。やめたほうがいいです。

小田嶋隆

まんしゅうさんには「自分は幸せになっちゃいけないんだ」というような強い意志を感じます

まんしゅう　そうですかねー。

小田嶋　アル中から禁酒に至っている人は、だいたい2～3回はスリップするんですが、飲み始めたきっかけが、「人に誘われたから」っていう人は多いですよ。僕自身、一度スリップしたんですけど、きっかけは仲のよい某アル中仲間の人に「飲みなよ」って誘われたことでしたから。

まんしゅう　うわー……。禁酒中は、「酒を飲もうよ」と誘ってくる人ってみんな敵に見えますよね！

小田嶋　そうですね。ただ、彼らも悪意があるというよりは、単に寂しいから誘ってしまうところもあるんですよね。

中川　酒飲み同士って、謎の連帯感があるじゃないですか？　要はみんな「酒飲み同好会」のメンバーなんですよ。だから、誰かが禁酒してサークルから抜けてしまうと、寂しくなる。「ヤツも変わっちまったよ……」みたいな。

小田嶋　しかも、内臓エリートのまんしゅうさんなんて、サー

クルのエースストライカーみたいなもんですから。だからみんな「もう一度一緒にサッカーやろうぜ！」って感覚で「もう一度飲もうぜ！」って誘いたくなるんでしょうね。

まんしゅう　うーん、でも、私の場合、酔うと人に迷惑をかけちゃうからなぁ。ちなみに、私は酔っ払って一番恥ずかしかった経験は阿佐ヶ谷ロフトでおっぱいを出したことですが、お二人は酔っ払って人前でした痴態ってなにかありますか？

中川　オレはＴＢＳラジオに泥酔して出演して、暴言を吐きまくって退場させられたことですね。しかも、いまだにそのことでＴＢＳファンにネットで叩かれるんですよ……。

まんしゅう　ネットは怖いですよね。私もＧｏｏｇｌｅの予測変換で「まんしゅうきつこ　アル中」って出てきます。

中川　オレも出ます！　小田嶋さんは何かありますか？

小田嶋　僕は記憶を飛ばすほうではないので、人前での恥ずかしい思い出はないんですが、あるとき、押入れの衣装ケースを開けたら、すごい悪臭のする黄色い水が入ってたんです。

家にあるワインビネガーにみりん、料理酒。化粧水用に買ってあったエタノールまで飲みました

まんしゅうきつこ

中川　それは……どう考えてもオシッコですよね？

小田嶋　そうなんです。最初は「ネコがここで粗相したのかな？」とか無理やり思い込んでみたんですけど、ネコなんて飼ってないし。だから、絶対僕が自分でやってしまったんですよね。「ここまで僕も落ちたか！」と、辛かったなぁ。

中川　あと、オレが一番嫌なのが、記憶を飛ばした翌日、一緒に飲んでいたであろう人に電話をかけるときですね。そこで自分が記憶を失ってどんなバカなことをしでかしたのかを聞くんですが、すごく自己嫌悪に陥りますよ。

小田嶋　そうそう！　僕は、なにより「自分がお金をちゃんと払ったのか」がすごく気になってましたね。

中川　わかります！　自分が人に迷惑をかけているのが辛い。

まんしゅう　え!?　私はむしろ「記憶を飛ばした自分がどんなひどいことをしたか」を聞くのが好きです。大学時代もサークルのコンパで泥酔して、パンツとブラだけになってロボットみたいなダンスを踊っていたらしいんですけど、あとから

聞いて「そりゃ、面白いことしたなー」って。

中川　えー、オレは絶対聞きたくないですよ！　以前も、新富町で散々飲んでいたら、次に気づいたら朝霞の商店街でポリバケツの中に捨てられていて。しかも追いはぎに遭ってカギと携帯電話しか持ってない。そのときも「自分に何があったのか」は怖くて知りたくなかったですねぇ。

まんしゅう　そうですか。私は、自分なんてそんな程度の人間だと思っているので……。そもそも酔っ払って暴言吐いているときの自分と、飲んでいないときの自分は、どちらが本物の自分なのか、いまだによくわからないんです。

小田嶋　本当にまんしゅうさんはすごく自己評価の低い人ですよね。「まんしゅうきつこ」というお名前自体がそもそも自傷行為みたいな名前ですけど、あえて自分のことは漫画ではブサイクに描いたりとか、「自分は幸せになっちゃいけないんだ」というような強い意志を感じますよね。

まんしゅう　うーん……。実は、私が幸せになってしまったら、もう面白い漫画が描けない気がして。だから、あまり幸せになりたくないんです。

小田嶋　よく世の中の人たちが、自分をボロボロにして死んでいった人を変に褒めるという風潮は確かにあります。太宰治やカート・コバーンみたいに、悲劇的に死んだ人は2段階ぐらい評価が上がるとか。でも「幸せになったら面白くなくなった」なんてことは、実際はないですよ。

中川　そうですよ。だって、日本で一番売れている作家の村上春樹なんて、超幸せな人生を送ってるじゃないですか！　金持ちだし、本を出せば売れるし、悠々自適に海外で生活してたりするし。作品だって、人生に苦悩している風を装っているけど、実際はエロいことばっかり書いてるわけですし！

まんしゅう　そうか、私は不幸にならなくてもいいんですね……。じゃあ、当分はやっぱり禁酒します。でも、もしこの『アル中ワンダーランド』が売れたら、アルコール解禁するかもしれないですね。そして……第二弾を描きます！

小田嶋 隆

'56年生まれ。コラムニスト。アルコール依存症になり、39歳から禁酒。著書は『地雷を踏む勇気』（技術評論社）、『その「正義」があぶない。』（日経BP社）など多数。近日アル中について綴った『上を向いてアルコール（仮）』（ミシマ社）を発売予定

中川淳一郎

'73年生まれ。ネットニュース編集者。毎日の飲酒量は数リットルにも及ぶ。酒により何度か体調を崩してもビールがやめられないプチアル中。著書に『ウェブはバカと暇人のもの』（光文社）、『ネットのバカ』（新潮社）、『内定童貞』（星海社）など

まんしゅうきつこ

埼玉県生まれ。日大芸術学部卒。
'12年に開設したブログ「まんしゅうきつこのオリモノわんだーらんど」で注目を浴び、
現在は漫画家・イラストレーターとして活躍。
『ゴーゴーバンチ』で「ハルモヤさん」を連載中。
Webマガジン『ドアラジオ』で「まんしゅうきつこのリフォームワンダーランド」を連載中
ブログ：http://manshukits.exblog.jp　ツイッター：@kitsukomz

編集 髙石智一
装丁・本文デザイン 堀 競（堀図案室）

アル中ワンダーランド

2015年 4月 9日 初版第 1 刷発行
2015年 4月30日　　第 4 刷発行

著者
まんしゅうきつこ
発行者
久保田榮一
発行所
株式会社扶桑社
〒105-8070 東京都港区芝浦1-1-1
浜松町ビルディング
電話03-6368-8875（編集）
　　03-6368-8858（販売）
　　03-6368-8859（読者係）
http://www.fusosha.co.jp

印刷・製本　図書印刷株式会社

ISBN-978-4-594-07246-9